求めよ、さらば

奥田亜希子

角川文庫
24499

1

　スパイが、街を疾走している。

　銃口から弾が放たれ、車が急ブレーキをかけて停止する。タイヤとアスファルトの擦れる音がビル街に響き渡り、人々の悲鳴とクラクションの音色は黒煙のように膨らんでいく。ひしゃげる電柱、割れるガラス。それでもスパイの男に足を止める気配はない。彼は裏切り者を捜し求めている。かつて自分が所属していたチームを壊滅に陥れた真犯人を、彼は決して許さない。

　そんな映像が頭の奥に流れているのを感じながら、私はキーボードでひたすら文字を打ち込んでいた。そういえば、私はこの映画シリーズを、一作目しか観たことがない。それも高校時代の話だから、内容はほとんど記憶になくて、タクシーが裏返しになるシーンが本当にあったかどうか、かなり疑わしい。でも、この映画のメインテーマは、締め切り直前の脳みそに効く。エナジードリンクみたいに効く。タイピング音がマシンガンの銃声のように感じられて、文章を訳すごとに敵をぶっ倒したような気持ちになる。

　コンコン、と、やけに輪郭のくっきりした音が割り込んできて、それがノックだと分かった途端、スパイの影が薄くなった。私はキーボードを叩く手を止め、ドアを振り返る。誠太が隙間から顔を覗かせていた。私がイヤホンを耳から引き抜くと、スパイの映像は今度こそ脳裏から完全に掻き消えた。

「ごめん、邪魔した？」

「ううん、平気」

「これからトイレを使うから、大丈夫かなと思って」

　人よりわずかに小刻みな誠太の瞬きを見つめているうちに、あたりが明るくなっていることに気づいた。カーテンの合わせ目から白い光がこぼれている。デスクライトだけを灯した部屋で仕事をしていたのに、いつの間にか朝が来ていたらしい。

「そっか、今日か」

　よく見ると、誠太はまだパジャマこそ着ているものの、髪はきれいに整えていた。髭も剃っている。あとはスーツに着替えるだけというタイミングで、任務を果たすことにしたのだろう。任務。一晩中、スパイ映画のサントラを聴いていた影響か、そんな単語が思い浮かんだ。

「私は大丈夫だから、気にせず使って」

「分かった。志織は仕事を頑張って」

　こくりと顎を引き、誠太が顔を引っ込める。

「誠太」

　とっさに呼び止めた。閉まりかけていたドアがふたたび開き、ん？　と誠太が私を見遣る。その気負いのない眼差しに、なぜか謝罪の言葉が口をつきそうになり、それは違うと慌てて飲み込んだ。不妊治療は、夫婦が協力して取り組むべきこと。私が謝るのはもちろん、礼を言うのもおかしい。

「……誠太も頑張って」

「ありがとう」

　誠太は少し笑ったみたいだった。

　ドアの向こうで気配が移動する。トイレは仕事部屋の斜め前、幅一メートルに満たない廊下を三歩ほど進んだ先にある。中古で購入したこのマンションを安普請だと感じたことはないけれど、誠太がトイレに入り、ドアに鍵をかける音は私にも聞こえた。中の様子を想像しそうになり、急いでイヤホンをねじ込む。私はもう三十四歳で、男性が一人で精液を出すとき、具体的にどんな行動を取っているか、概ね理解しているつもりだ。でも、やっぱり落ち着かない。誠太は今、スマホで動画かなにかを観ているのだろうか。

「もうっ」

前髪の生え際を掻いたら、額に貼っていた冷却シートが剝がれた。それを見て、誠太の採精に気を取られている場合ではないとはっとする。誠太が出勤間近ということは、仕事の締め切りまで二時間を切ったのだ。サントラの音量を上げて、モニターを注視した。海外製Ｗｉ－Ｆｉアクセスポイントの説明書を日本語に翻訳して、午前九時までに提出すること。飛び込みの案件だった。同じメーカーの商品を以前にも担当したことがあり、なんとかなるような気がして引き受けたけれど、内容が想定していたよりも複雑だった。辞書を引き引き、キーボードを打った。

ふいに水の流れる音がした。集中していたつもりだったのに、トイレのドアが開閉する音に、私の意識はたちまち現実に引き戻される。誠太が私に声をかけてから、およそ二十分が経過していた。これが早いのか、それとも遅いのか。また立ち入ったことを考えそうになる。夫婦になって七年が経つけれど、彼の自慰については、いまだに性交とは違う種類の生々しさを覚える。私は誠太の好きなアダルト動画のジャンルを知らない。普段はいつ、どこで行われているかも知らない。誠太のオナニーのことを思うと、束の間、自分はこの人のことをなにも理解していないのかもしれない、という気持ちになった。

「ねえ、アルミホイルに包んでくれた？」

誠太が家を出るまで、気を散らさずにいることは難しい。私は一旦仕事を諦めて、向かいの寝室に顔を出した。カーテンは全開で、ダブルベッドの布団は軽く畳まれている。誠太はクローゼットの前に立ち、上着のボタンを留めているところだった。

「包んでここに入れたよ」

誠太は左の下衿をめくって答えた。スーツの生地が若干透けている。早くも夏物に衣替えしたようだ。会社は私服も許可しているのに、選ぶのが面倒くさいから、と誠太は安価なスーツで通勤していた。

「これで大丈夫かな」

「冬じゃないから、そんなに神経質にならなくても平気だと思うけど……。ごめんね、面倒かけちゃって。私が持って行く予定だったのに」

口にしてから、ああ、謝ってしまった、と思った。通院先として新しく選んだクリニックは、誠太の会社とは反対方向にある。ネットで評判を調べて、私が一人で決めたのだ。誠太に朝から一時間も遠回りさせることになったのは、さすがに申し訳なかった。

「志織は謝らなくていいよ。僕のことなんだから、気にしないで。それよりも、仕事はどう？　終わりそう？」

「たぶんいける……っていうか、終わらせる。誠太を見送ったら、ラストスパートをかけるよ」

「そっか。頑張ってね」

二人で玄関に移動した。誠太が靴箱に手をかけ、ビジネスシューズに足を入れる。つま先を三和土に柔らかく打ちつけると、誠太は私を振り返った。

「今夜はそんなに遅くならないと思う」

「分かった。起きて待ってるね」

「無理しなくていいよ。じゃあ、いってきます」

「いってらっしゃい」

目を合わせ、互いに手を振る。見送るときには、こんなふうにやり取りしている。誠太は今日もまったくの普段どおりに家を出て行った。彼は口数が少なく、感情が表に出づらくて、常に淡々としているように見える。冷静とも温和とも違う、凪いだ海に似た静けさをまとっている感じだ。検査に出すために自らの体液を懐に忍ばせているときでも、その態度は変わらなかった。

先週から通い始めたクリニックは、東京都内でも有数の人気産婦人科だ。やっと予約を取れた初診の日は、どうしても誠太の都合がつかなくて、私は一人で来院し、血液検査や超音波検査、子宮頸がんや性感染症などの検査を済ませた。その際に、精液検査の自宅採取用容器を受け取っていた。運搬中に温度が下がると精子の性能を正しく測定できなくなるため、クリニックに持ち込むときは、採ってから二時間以内に、と指導されている。また、その場合には、アルミホイルやタオルで容器を包むことを推奨されていた。

誠太は前にも三回ほど精子の採取を経験しているけれど、いずれもクリニックの設備を利用していた。採精室と呼ばれる個室には、テレビとＤＶＤプレイヤー、数枚のアダルトＤＶＤが用意されているらしい。あのときも誠太は表情ひとつ変えることなく、検査の流れを説明する看護師に相槌(あいづち)を打っていた。精液を調べられることに夫が難色を示したり抵抗したりするエピソードは、ネット上に溢(あふ)れている。けれども私は、実際に治療を始める前から、誠太はそういうことをする人ではないと分かっていた。

締め切りに追われて、昨日と一昨日は誠太と夕食を摂(と)れなかった。今晩は二人で美味しいものを食べよう。誠太の好きな牡蠣(かき)フライを揚げるのもいい。牡蠣は、亜鉛を豊富に含んでいる。そのためにも早く仕事を終わらせよう。

仕事部屋に戻り、イヤホンを嵌(は)めた。音楽がふたたび鼓膜を打つ。スパイがまた裏切り者を捜し始めた。

初めてコンドームなしのセックスに及んだのは、三年前、私が三十一歳になった誕生日の夜だった。私は母親になった自分をあまり想像したことのない人間で、周囲が我が子につけたい名前や通わせたい習いごとの話で盛り上がるのを、いつも不思議な気持ちで聞いていた。誠太は私に増して子どもを持つことに関心がなくて、でも、二人ともほしくないわけではなかったから、三十五歳までには一人目がいたほうがいいよね、という、綿あめみたいな覚悟で始めた子作りだった。

けれども、一年が経っても子どもはできなかった。

ピピッと短い電子音が鳴り、口から婦人体温計を引き抜いた。予想どおりの数値だ。締め切り二十分前にメールでエージェントに原稿を送り、寝室のベッドに倒れ込んだ。今は正午過ぎ。三時間は寝たことになる。普段の睡眠とは長さも時間帯も違うけれど、測らないよりはましだろう。嚙み跡でざらざらしている体温計の先端を、そっとケースに収めた。

基礎体温をつけるようになったのは、なかなか妊娠しないことにあぶくのような不安を抱いたのがきっかけだった。私はもともと大雑把な性格で、決まった周期で生理が来ていたこともあり、それまでに基礎体温を測ろうと思ったことはなかった。専用の体温計を初めて手にしたときは微妙に緊張したけれど、連携させたアプリには、幸い、標準的と言われている形のグラフが描かれた。高温期と低温期が分かれていて、排卵日を推測しやすかった。

なのに、さらに半年が経過しても、私は妊娠しなかった。

枕に頭を乗せて、正面の壁の絵を見つめる。両腕には大荷物を運んだあとのような気怠さが漂っていた。本当に赤ちゃんを抱っこしたわけではないのに、と思う。不妊治療を始めてから、赤ちゃんがいつの間にか生まれている夢を見るようになった。夢の大半は、悲劇的な展開を迎える。大泣きしていた子どもが急速に衰弱していくパターンがもっとも多い。腕の中で息を引き取ろうとする我が子を、私は半狂乱になって抱きしめるのだ。

今日もそうだった。この夢を見たあとは、起きるのが億劫になる。寝返りを打ち、枕もとのスマホに手を伸ばした。Instagramのアイコンをタップして、タイムラインをチェックする。このアカウントは、友人や知人をフォローしていない。企業や有名人のポストを中心に確認したのち、〈ＩＴＡＳＥ〉のページに飛んだ。やっぱり昨日も更新されていない。ＩＴＡＳＥが過去に投稿した写真を眺めているうちに、誠太からＬＩＮＥのメッセージが届いた。

〈お疲れさま。僕は朝、無事に提出できました。言い忘れたけど、オムレツを冷蔵庫に入れておいたから、よかったら食べてね〉

私がひと眠りすることを見込んで、自分が昼休みに入るタイミングでメッセージをくれたのだろう。誠太の作るオムレツは、刻んだ赤パプリカにほうれん草、ベーコンやチーズが入っていて、色鮮やかだ。私は、えいっ、と気を吐き、ベッドから身体を引き剥がした。

靴下のままリビングダイニングへ向かう。ベランダに通じる掃き出し窓は開いていて、網戸越しに五月の風を感じた。初夏の熱気と水分が大気中にふんだんに含まれている。ベランダの物干し竿には服やタオルが吊されていた。誠太が出勤前に干してくれたらしい。我が家に家事分担の決まりはなく、そのときできる人ができることをするようになっている。誠太がプログラマとして勤めているソフトウェア開発会社は残業が多くて、締め切り前を除けば、私の負担のほうが大きいかもしれない。でも、不満はなかった。

誠太は優しい。交際を始めた社会人一年目の四月から、十二年間ずっと。私は彼に傷つけられたことがない。口論したこともないのだ。激しい言い争いの末に家を飛び出した私を、誠太が追いかけてきて抱きしめる。そんなドラマチックでロマンチックな出来事とは無縁でも、彼との暮らしは安定した温かさに満ちていた。

電子レンジでオムレツを加熱して、食パンの二つ折りで挟んだ。ノンカフェインのインスタントコーヒーで、牛乳が九割を占めるアイスオレも作る。それらをローテーブルに運び、いただきます、と手を合わせた。オムレツを焼くときに使ったバターを吸って、食パンがとろけている。オムレツももちろん美味しくて、私はあっという間に食べ終えた。

水で葉酸サプリを嚥下すると、ソファに横になった。まずは食器を洗って、それから買いものに行って、と段取りは思い浮かぶのに、ついスマホのロックを解除してしまう。ITASEがアップしている画像を、また見返した。百合の花に顔を寄せて目を閉じている私、誰もいない砂浜でワンピースの裾を翻している私、落ち葉を両手ですくい、宙に舞い上げている私——。

ITASEこと誠太のInstagramには、無数の私の写真が公開されている。付き合い始めて五ヶ月が経ったころ、被写体になってほしいと頼まれて、私は誠太の趣味がカメラだと知った。ネットにアップしたいんだけど、と相談されたのは、五年前だ。妻の写真に特化している点が当時は珍しかったのか、フォロワーは投稿するたびに増えて、何度かウェブ広告にも使われた。

私はカメラに詳しくないけれど、誠太が色味にこだわっていることは知っている。パソコンでの加工は最小限に留めて、カメラの設定やレンズの種類で好みの風合いになるよう調整しているらしい。彼の写真は、今、私が食べたオムレツのように色鮮やかで、しかも、透明感がある。正方形の写真が画面に敷き詰められているさまは、まるでステンドグラスみたいだ。

いつか、このアカウントに子どもの写真が加わるときは来るのだろうか。

特に問題は見られませんでした、と中年の男性医師は、パソコンのモニターに目を向けたまま言った。カーソルの矢印は22という数値を指していて、それがなにを表しているのか、ついさっき説明を受けたはずなのに、もう思い出せない。先日の検査では、奥さまにもご主人にも特に問題は見られませんでした、という医師の言葉だけが、耳の中をゆっくりと旋回していた。

「当クリニックとしては、こういった場合の治療のファーストステップに、タイミング法をお勧めしています」

医師が椅子を回して私と誠太に向き直る。問題がないというのは、一般的には朗報の類(たぐ)いなのだろう。医師の口調には明るさがにじんでいた。私は落胆を押し殺し、医師の話に相槌を重ねた。タイミング法の段取りについては、身をもって知っている。今後の方針に異存もなく、超音波で卵胞の具合を調べてもらうと、誠太と共に診療室をあとにした。

待合室には、オルゴール調の音楽が小さく流れている。淡いピンクのソファに腰を下ろした。産婦人科系のクリニックは、示し合わせたように雰囲気が似ている。それでもここは、子ども連れの来院を原則禁止としているぶん、前に通っていたところよりも空気が穏やかだ。第二子を妊娠したい女性が上の子どもを連れてこないというだけで守られる心の領域が自分にあったことを、私はこのクリニックを訪れたときに初めて知ったのだった。

「問題なし、だって」

「うん」

クリニックを出て駅前のカフェに入った。私はオレンジジュースを、誠太はアイスコーヒーを注文する。平日の午後一時、店は空いていた。精液検査の結果を聞くために、誠太は丸一日有休を取っている。あのクリニックに土曜の予約を入れることは、人気アーティストのライブチケットを押さえることに近い。誠太の協力的な姿勢には、こういう面でも助けられていた。

「でも、前のクリニックよりも丁寧に説明してくれて、僕は納得できたかな」

「診断結果は変わらないのに？　私はちょっと期待外れだったかも」

ストローでオレンジジュースを吸う。甘酸っぱい味が口いっぱいに広がった。

「そうかな。静かで落ち着いていて、いいところだと思うけど」

「それはそうなんだけど。でも、クリニックを替えたことで、時間をロスしちゃったかもしれない」

「不安な気持ちで前のところに通い続けても、いい結果には繋がらなかったよ」

「本当にそう思う？」

「思う」

誠太はブラックのままアイスコーヒーを飲んだ。首に浮き出た喉仏が上下する。体格が細くて薄くて、まっすぐに立っているはずのときでも微妙に左に傾いていて、外見を整えることに関心のない誠太は、どことなく男子中学生の趣を漂わせている。けれども、手の甲に隆起した骨や腕を走る血管は色っぽい。男の人だ、と感じる。

「だから、大丈夫だよ」

喉仏に見惚れていただけなのに、私が励ましの言葉を求めていると思ったらしい。誠太が目を細めて言った。微笑んでくれたのだと私には分かった。

「ありがとう」

口に出して礼を言うと、気持ちも明るくなったような気がした。

半年ぶんの基礎体温のグラフを印刷して、私がまず足を運んだのは、家の近所にある産婦人科だった。ずっと昔からあったクリニックらしく、コンクリートの外壁は雨染みで汚れていた。設備も古く、おじいさん先生ののんびりした考え方にも違和感を覚えて、三ヶ月で通うのをやめた。昔からこういう見切りは滅法早かった。

隣町にある比較的大きなクリニックを訪れたのは、その二ヶ月後。生理の周期に合わせていろんな検査を受けて、タイミング法や排卵誘発剤を試した。人工授精にも二回挑んだ。でも、どれも上手くいかなかった。三回目の人工授精の話が出たくらいから、私は原因不明不妊という診断そのものに疑問を抱くようになった。ご夫婦どちらにも異状は見当たりません、と言われたときには確かにほっとしたのに、クリニックを替えれば分かることがきっとあると、ふたたび無断でかかりつけを変更することを思いついていた。

「ねえ、志織。このへんを散歩してみようか。運動になるし、これからしばらく通うのに、クリニック以外の場所を知らないのはもったいないよ」

「そうだね」

「駅の向こうに商店街があるみたいだよ」

「惣菜(そうざい)を売ってたら、夕食に買って帰ろうかな」

「いいね」

「よし、今日はお酒も飲んじゃおうっと」

ドリンクを飲み干し、席を立った。誠太があまり喋(しゃべ)らないこともあって、私たちが飲食店に滞在する時間は短い。それよりも、小さな話題がたくさん見つかるから、二人で散歩するほうが好きだ。連絡通路を越えて、駅の反対側に出た。美容室の軒下に白黒の猫がいる。人慣れしているらしく、通行人に大人しく頭を撫(な)でられていた。

「かわいいね」

「うん」

「誠太も触りたい？」

「僕はいいよ」

誠太はときどきやけに猫を見つめている。飼いたいのかもしれない。でも猫は、流産を引き起こす可能性のある原虫を保持している場合がある。妊娠を目指している今は無理だ。白黒猫に誠太と手を振り、商店街のアーチをくぐった。想像よりも活気づいている。ぱっと目についた書店に入り、二人で海外文学の棚を眺めた。読書は私と誠太の共通の趣味だ。私が薦めた本は、大抵読んでくれる。今日は残念ながらめぼしいものはなく、手ぶらで書店を出たあとは、肉屋でコロッケと豚カツを、弁当屋でポテトサラダを買った。

商店街を抜け、角を折れた先に公園があった。エメラルドグリーンの金網フェンスに囲まれて、滑り台と砂場とベンチが行儀よく収まっている。小さな子どもが遊んでいるような気がして一瞬警戒したけれど、幸い、誰もいなかった。

「あそこでコロッケを食べようよ」

私はベンチを指差した。揚げたてだと店のおじさんに言われたのを思い出したのだ。ベンチに並んで座り、まだ温かいコロッケを頬張った。太陽はほぼ真上にあり、視界は網膜を漂白されたかのように明るい。ふと隣に顔を向けると、誠太が手で庇(ひさし)を作り、公園の隅を見つめていた。

「紫陽花(あじさい)?」

「立派だなあと思って」

誠太の言葉どおり、そこにはこんもりと生い茂った紫陽花の木があった。私の背丈よりも高いかもしれない。ちょうど見ごろらしく、ラムネ菓子のように淡い色合いのものが、丸く寄り添い咲いていていた。

「写真、撮る？　私、あの前に立とうか？」

思わず尋ねた。誠太がわずかに目を丸くする。私から撮影を提案することは、滅多にない。写真が全世界に発信されること自体に、実はまだ慣れていなかった。でも、カメラを手にしたとき、誠太の表情には精彩が宿る。いつもは物静かな彼の、熱っぽい視線を受け止めるのが好きだった。もう少し右を向いて、とか、手は横かな、とか指示されると、誠太の愛情表現を浴びているような気持ちになる。関心をたっぷり注がれることは、愛に似ていた。

それに、誠太専用の被写体を長年務めていれば、彼が撮りたいと思うシチュエーションはだいたい分かる。アイロンでぱりっとさせた、ベージュのシャツワンピースを着た私があの紫陽花に埋もれるように立てば、誠太らしい写真に仕上がるだろう。Instagram のコメント欄にも、賞賛の言葉が並ぶはずだ。

「でも、今日はカメラを持ってきてないから」

「そうなの？」

「家を出る段階では、散歩すると思ってなくて」

誠太は言うけれど、彼がカメラを持たずに外出するのは珍しかった。かさばる一眼レフカメラやレンズを諦めたときにも、コンパクトカメラは鞄(かばん)に入れる。それが誠太だったはずだ。過去には、コンビニで公共料金を支払った帰りに、蛍光灯の切れかかった街灯の下で写真を撮らせてほしいと言い出したこともあった。

「スマホでもいいんじゃない？」

ネットにアップするのに便利だからと、誠太は敢(あ)えてスマホで撮影することもある。最近の機種は、私にはデジカメで撮ったものと区別がつかないほど性能がいい。なのに、誠太は首を短く横に振ると、

「今日はいいや」

とコロッケの残りにかぶりついた。

商店街とは別の道を通り、駅に戻った。昼下がりのホームは影の色が濃い。自販機で水を購入する。四分の一ほど飲んでから、いる？　とペットボトルを差し出すと、誠太は躊躇(ためら)いがちに受け取った。いわゆる間接キスをするとき、おそらく誠太はいまだに少し緊張している。正直、呆(あき)れる気持ちもなくはないけれど、この人はいつまで私にドキドキしてくれるのだろうと考えると、こそばゆいような喜びも覚えた。

「ああ、水が美味しい。コロッケがしょっぱかったからかな」

「あれはソースをかけずに食べたほうがいいね」

「そうかも」

「年季の入った店構えだったのに、味は凝ってたよね。スパイスも入ってるみたいだった」

誠太からペットボトルが返ってきた。私は水をもう一口飲み、

「このごろ写真を撮らないね」

と切り出した。

「そうかな」

「一ヶ月ぐらい、インスタも更新されてないよ」

私がITASEをフォローしていることは、当然、誠太も知っている。ほかのフォロワーに彼の妻だと気づかれないよう、あのアカウントはユーザー名やアイコンを適当なものに設定した上、閲覧専用にして鍵をかけていた。誠太は新作を撮れないときには過去の写真をアップして、更新が滞らないよう気を配っていた。フォロワーを減らさないための工夫だそうだ。誠太にも承認欲求があったのか、と話を聞いたときには驚いた。

「そういう時期なのかもしれない」

「そういう時期って？」

「写真が上手くなるための充電期間、みたいな」

「充電って……」

カメラ屋に通ったり本を読んだりして真剣に取り組んでいた写真を、力を蓄えたいという理由だけで休むだろうか。全然ぴんとこない。カメラの手入れすらしないのは、誠太らしくないと思う。完全に休むと腕が鈍（なま）っちゃうんじゃない？　と尋ねたとき、電車の到着を知らせるアナウンスが流れた。電車がやってくる方向に目を向ける。巨大な鉄の塊が突風と共にホームに滑り込み、私は横髪を耳にかけ直した。

「志織、ごめんね」

「えっ」

その瞬間、確かに謝罪の言葉が聞こえたのに、席に着いたあと、どうして謝るの？と尋ねると、誠太は、えっ、僕？　謝ってないよ、と目を瞬（しばた）いた。


扉を開けると、肉とトマトの香りがキッチンに溢れた。鍋（なべ）つかみを装着して、オーブンレンジから天板を引き出す。両手を分厚い布で覆っていても、二十分間、二百度に温められていた天板は熱い。ひとまずガスコンロの上に天板を置いてから、耐熱ガラスの器をダイニングテーブルに運んだ。

「お待たせー。誠太特製の煮込みハンバーグでーす」

器の中ではトマトソースがぐつぐつ音を立てている。ハンバーグにはほどよく焦げ色がついていた。

「あ、これこれ」

杏奈が目を輝かせ、香水の匂いを嗅ぐように器の前で手を扇いだ。

「これを食べないと、辻原家に来たって感じがしないよね」

「だよね」

その隣に座る衿子も力強く頷く。私たちは、大学時代に同じ大衆居酒屋でバイトをしていたのをきっかけに仲良くなった。採用された時期は異なるけれど、年齢が一緒で、すぐに意気投合した。それぞれ就職したあとも折に触れて集まり、都心の洒落た店で飲んでいたのが、私と誠太が二人の中間地点にマンションを購入したのを機に、家飲みが主流になった。そのほうがくつろげるし、金銭的にも助かる。私たちは揃ってお酒が好きだった。

とはいえ、衿子は明朝に打ち合わせが入ったらしく、今日はジンジャーエールで我慢している。私も排卵日が近いと診断された一昨日の朝にセックスして、フーナーテストを受けたばかりだ。運動精子が多数確認できたと言われたから、今まさに、受精しているかもしれない。私たち夫婦が不妊治療をしていることは、両親と妹しか知らない。杏奈と衿子には、鼻炎薬を飲んじゃったから、とごまかして、炭酸水を飲んでいた。

「わあ、美味しそう」

杏奈がさっそく煮込みハンバーグを口に運んだ。吹き冷ましが足らなかったらしく、熱っ、と顔に皺が寄る。私は氷水を作り、杏奈に差し出した。

「ありがとう。あー、熱かったあ。それで、辻原さんは今日もカメラ屋さん巡り？」

「ううん。今日は映画館に行くって」

「へえ。なにを観るの？」

「タイトルまでは聞いてない。ただ映画を観て、街をぶらぶらしようかなって言ってた」

私たちがこの部屋を占領しているあいだ、誠太は外に出ていてくれる。自分がいないほうが気兼ねなく話せるだろうと配慮しているのだ。私は誠太が集まりに加わろうと、あるいは寝室に閉じこもろうと、まったく気にならない。けれども誠太は、必ず外出することを選んだ。

「さすがは愛妻家フォトグラファー。本当によくできた旦那だよ。志織は当たりを引いたね」

衿子のしみじみとした口調に、杏奈も、

「まさか辻原さんが、こんなに完璧な旦那さんになるとは思わなかったよね」

と応える。

「二人が付き合い始めたって最初に聞いたときは、志織が辻原さんのどういうところに惹かれたのか分からなかったし、辻原さんも本当に志織のことを好きなのかなって疑っちゃったけど」

「突然だったもんね」

　杏奈が頷く。ホールとキッチンで持ち場は違ったけれど、誠太もかつては同じ居酒屋のバイト仲間だった。だから、二人は彼の人となりを知っている。衿子はデパ地下で買ってきたという、セロリとグレープフルーツのサラダを自分の取り皿によそった。

「ホールの輝ける星だった志織と、キッチンでまったく存在感のなかった辻原さん。二人が結婚するなんて、予想もしてなかったよ」

「輝ける星なんかじゃないよ。レジの打ち間違えが多くて、店長からレジ禁止令が出たこともあるんだから」

「そういうことじゃなくて、あのころの志織の人気はすごかったよねっていう話。一晩で五人の客から携帯番号を渡されたり、映画館や美術館のペアチケットを押しつけられたり。あ、お金は払うから、志織を自分の席につけてほしいって店長に頼んだ客もいなかった？」

「いた……けど。それは、私の愛想がよかっただけで――」

「お客さんだけじゃなくて、王子も志織にめろめろだったもんねぇ」

杏奈は含みのある笑顔で言うと、グラスの赤ワインを飲んだ。乾杯前は、一人で飲んでもつまんない、と嘆いていたのに、いざ会が始まると、普段と同じペースでワインを手酌している。三人の中では、杏奈がもっとも飲みっぷりがいい。垂れ気味の彼女の目の縁は、早くも赤らんでいた。

「王子もすごかったよね。彼がしょっちゅう友だちと飲みに来てたのって、志織の顔を見るためだったんでしょう？　高そうな服しか着てこないから、トヨ丸の店内で超浮いてたよね。王子とホールの男連中がいつの間にか仲良くなってたときには驚いたなあ。圭介と寿史は今でもFacebookで王子と繋がってるみたいだよ。すごいよね」

衿子が天井を仰いで瞼を閉じる。懐かしいねえ、と杏奈も遠くを見るような目つきになった。友だちと思い出話に浸るのは、飲み会の醍醐味のひとつだ。私たちも三十代半ばになり、現在や未来よりも過去を語る時間が増えた。でも、健太朗の話をするのは気が進まない。別れたいと感じた十三年前に、彼に対する興味はゼロになっていたからだ。

「衿子は誠太に存在感がなかったって言うけど」

私は話の方向性をさりげなく切り替えた。

「それは、衿子が誠太のことを気にしてなかったからじゃない？」

「そこは否定しないよ。でも志織だって、辻原さんと普通に話すようになったの、大学四年の秋くらいからだったよね？　一緒に働いてた期間は長かったのに」

「んー、話す機会がなかったときも、存在感がないとは思わなかったよ」

むしろ、同い年とは思えない誠太の落ち着きに、一体どういう人なのだろうと淡い好奇心は覚えていた。群馬出身で、東京の大学に通うために上京したらしいことは人づてに聞いていたけれど、内面が一向に見えてこない。でも、他人と積極的に関わろうとしない彼にこちらから話しかけるのも悪いような気がして、衿子の言うように、挨拶と業務上のやり取りしか交わさない関係は、二年近くに及んだ。

杏奈と衿子が誠太をやんわり見下していることは分かっているから、二人が遊びに来るときは、誠太に手料理を用意してほしいとお願いする。ここ数回は、煮込みハンバーグを仕込んでくれることが多い。今、私の幸福は誠太によってもたらされていることを、二人にそれとなく伝えたかった。杏奈も衿子も結婚していないから、頭に浮かぶまま彼のことを話しても、自慢や当てつけになりにくかった。

「ではここで、お二人の馴れ初めを伺いたいと思います。志織さんは、どうして辻原さんとお付き合いすることにされたんですか？」

杏奈がマイクのように握った箸を私に向かって突き出した。これまでに百回は喋ったよ、と私は返すけれど、アルコールが回り始めたらしい杏奈は、百一回目のやつが聞きたいのお、と譲らない。お酒を飲むと、杏奈は言動が少ししつこくなる。そうですね、と切り出すと、よっ、待ってましたっ、と衿子が歌舞伎の大向こうのような声を上げた。

「とにかく話しやすかったんです。彼と一緒にいるとすごく楽で、少しずつ恋愛対象として意識するようになりました」

いつものように、本当のきっかけには触れずに答えた。あの日のやり取りや、付き合う前に一度出かけたときのことは、友だちにも教えたくない。初めて誠太とちゃんと喋ったとき、私は自分が健太朗と別れたかった本当の理由を理解した。誠太のおかげで、自分が恋人に求めるものは、整った外見でも洗練された物腰でもなく、居心地のよさだと知ったのだ。

「我々の送別会の日になにかあったらしいと、一部関係者のあいだでは囁かれていますが」

「誰なの、その一部関係者って。ええっ、これも話すの？」

「はい。改めて志織さんの口からお願いします」

杏奈がさらに箸を突き出す。私は咳払いをひとつして、

「私がトイレに行って戻ってきたら、店長がビールのジョッキをひっくり返して、座敷が大騒ぎになっていたんです。畳を拭いたり、テーブルの上をきれいにしたり、み

んなで後始末したそうなんですが、そんな中、誠太はなぜか泣きそうな表情で、一人、じっとしていました。大丈夫？　と私が尋ねると、これでトヨ丸の人たちとお別れなんだと思ったら、急に悲しくなってきた、と返ってきたんです」

雨に濡れた子犬のような顔を見た瞬間、胸がきゅんと痛くなった。彼が人知れず私たちバイト仲間に思い入れを感じていたことに、自分でも戸惑うほどの喜びを覚えた。その日から、私の頭に誠太が住み着いたみたいになった。本を貸したいから、と会う約束を取りつけて、私と付き合ってみませんか？　と告白したのは、送別会から二週間後のこと。彼はたっぷり十秒黙ったあと、絶対に幸せにします、と言った。

「泣き顔を見て恋に落ちただなんて、志織は意外とサドっ気があるのかな」

「だったら、辻原さんはマゾ？」

衿子の言葉に、杏奈がハンバーグのおかわりを盛りつけながら小首を傾げる。

「そんなことないって。私たちは、どこにでもいる普通の夫婦だよ」

子どもがなかなかできないこと以外は、と胸中で付け足した。事実、私と誠太のセックスは至って穏やかだ。誠太の前に付き合っていた、健太朗を含む四人の元恋人とのほうが、いろんなことを試したような気がする。誠太は私と恋人になって半年が過ぎても、キス以上のことをしようとしなかった。誠太に経験がないのは分かっていたから、彼のペースに任せようと呑気に構えていたはずの私もさすがに焦れったくなってきて、ある晩、アルコールの勢いを借りて、したいです、と言った。すごく恥ずかしかったけれど、同時に、分厚いコートを脱いだような解放感も覚えた。それまで受け身に徹していたことが、急に馬鹿馬鹿しく感じられた。

初体験が済んだあとは、誠太からも誘われるようになった。タイミング法のために日にちを指定して、気乗りしない態度を取られたことも一度もない。彼の手つきはいまだに丁寧で、挿入の前には驚くほど真剣に私の同意を得る。いつだったか、二人でくつろいでいたときに、強制性交事件のニュースがテレビに流れたことがあった。飲みものにレイプドラッグを混入し、被害者の意識を失わせて犯行に及んだという加害者の手口に、誠太は震える手でチャンネルを替えていた。彼にとって、もっとも許せない性質の事件だったのだろう。

「普通の夫婦ってどういうこと？　あのね、志織。普通っていう考え方は、普通を信じたい人の中にしかないんだよ」

衿子の声には微妙なざらつきがあった。なにが彼女の気に障ったのか分からないいま、ごめんね、と反射的に謝る。私は父親の仕事の都合で、六歳から十二歳までアメリカに暮らしていた。日本人学校に通っていたから、英語はたいして喋れるようにならなかったけれど、帰国後、中学校の英語教師に気に入られ、問われるままアメリカのことを話すうちに、クラスの一部から猛烈に嫌われていた。アメリカに滞在していたときの日本の流行りを知らない疎外感も大きく、三年間を通じて、楽しかった思い出は一切ない。高校は、同窓生が受験しないことを第一条件に、家から離れたところに進んだ。

それからは、人に受け入れられることを第一に心がけた。自己啓発本やハウツー本を読み漁(あさ)り、愛嬌(あいきょう)と謙虚さと気遣いを常に意識して、アメリカに六年間暮らしていた過去は、なのにRとLの発音がやばいんだよね、と笑い話に変えた。流行を学び、外見を磨くことも怠らない。顔の造形がいいほうだと自覚してからは、過剰に謙遜(けんそん)することの罪も学んだ。

その努力の方向性は正しかったようで、高校から大学にかけて、私はたくさんの友だちに恵まれた。もう大丈夫。あのころのような地獄には、二度と戻らない。けれど、いくら自分にそう言い聞かせても、印象を損ねることに対する恐怖心はゼロにならなかった。私を見る相手の目が変わるかもしれないのが嫌で、中学時代のことは誠太以外の誰にも話さなかった。

「っていうか、サドとかマゾとかって、相手によっても変わらない？　あのね、私、最近年下の友だちができたんだけど、その子がすんごくかわいくって」

んふふ、と杏奈が笑い声を漏らした。雰囲気を和ませるために話題を変えてくれたのかと思ったけれど、このやに下がった表情は、たぶん、自分が喋りたかっただけだ。

だからこそ、私は安堵した。

「年下って、いくつの人なの？」

「なにしてる人？」

　衿子も興味を引かれたようだ。

「二十四歳の美容師さん」

「えーっ、十歳も下なの？　大丈夫？　とりあえず、お金は貸さないようにね」

「衿子ったら、大丈夫だよう」

　杏奈が膨れる。それからは、彼女の新しい交友関係の話題で盛り上がった。杏奈は特定の恋人がいないときには、セックスありの男友だちと遊んでいる。結婚にも子どもにも興味なし、と常々公言していた。今、就いている美容部員の仕事と自由な生活を、死ぬまで続けたいらしい。

「あー、こういう話をしていると飲みたくなっちゃう」

「だね」

　衿子と顔を見合わせて笑った。バイトを辞めてから十二年が経ってもこうして会えるのは、とことんマイペースな杏奈と、言葉はきつくても情に厚い衿子、場の空気を読むことには長けている私のバランスがいいからだと思う。

　杏奈がワインボトルを摑み、

「飲みなよお。一杯くらいなら、仕事も薬も平気だよ」

と、まだジンジャーエールが残っているグラスに手を伸ばした。だめだって、と断る衿子と押し問答が始まる。杏奈は本格的に酔っ払っているようだ。次はきっと、私に順番が回ってくる。穏便に断るための方便を探して頭を巡らせつつ、先手を打って、自分のグラスを炭酸水でいっぱいにした。

「あー、待って。今、本当の理由を言うからっ」

杏奈から逃げるためにグラスを上に掲げて、衿子が叫んだ。

「なに？」

「どうしたの？」

嫌な予感がした。

「私、妊娠した」

意識が天井近くまで上がっていくような、視界が俯瞰（ふかん）に変化していくような、奇妙な感覚に襲われた。おめでとう、と、なんとかはしゃいだ声を出し、椅子から腰を上げる。二人が到着したときにはぎりぎり明るかった空も、すでに暮れていた。なのにカーテンを閉めていなかったことに、たった今、気づいたのだった。

「ええっ、そうだったの？　今、何ヶ月？」

「もうすぐ三ヶ月。でも、分かったばかりだよ。私もびっくりしちゃった。安定期に入るまで親にも言わないつもりだったんだけど、杏奈が飲ませようとするから……」

「そんなの、知ってたら勧めなかったよう。あっ、もしかして志織も？」

「体調は平気なの？　つわりとか」

顔が引き攣っているのが自分でも分かる。でも、ここで黙り込んだら不自然だ。高校のときの友だちで、吐きすぎて入院した子がいるんだよね、と懸命に話を続けた。

妊娠を契機とした結婚が珍しくないことは分かっていたけれど、今日は自由を追い求める杏奈と、五年に及ぶ遠距離恋愛中の衿子との集まりだから、油断していた。

「超元気。私の母親もつわりがなかったみたいだから、遺伝かもね」

「婚姻届はいつ出すの？　後藤さんも喜んでるんじゃない？」

杏奈が尋ねる。後藤さんは銀行員で、今は広島に住んでいる衿子の恋人だ。このマンションのローンを組むときには相談に乗ってくれた。よく日に焼けた、がたいのいい人で、誠太となにからなにまで正反対だな、と感じたことを思い出した。

「喜んではいる。ただ、婚姻届は分からない。出さないかもしれない」

「えっ」

私と杏奈は短く目配せを交わした。普通の夫婦ってどういうこと？　と私を質したた衿子の声がよみがえる。自分が踏んだ尻尾の正体を、私は摑んだのかもしれなかった。

「彼が、婚姻制度は現代社会に合わないと思うって言い出して……。銀行なんて、古い体質の業界なのにね。でも、私も苗字（みょうじ）が変わるとなにかと面倒だし、だったらまあ、事実婚でもいいのかなって。どちらにせよ、彼が東京に戻ってくるまでは一緒に暮らせないわけだし」

　衿子はアパレル企業に勤めていたころの同僚と共同で、オンラインショップを経営している。苗字が変わると、名義変更が大変なのだろう。衿子の発言を理解しようとすればするほど、望んで授かった子どもではないのか、という考えに行き当たる。だめだ、今、そこを掘り下げてはいけない。私は笑顔を作り直した。

「後藤さんの言うとおりかもね。フランスは、子どもの半数以上が婚外子だって聞くよ」

「だよね。パートナーとして支え合えれば、形なんてどうでもいいよね」

　衿子はひとつ頷くと、

「とにかく、こういう状況です。杏奈も志織も、子どもが生まれたあとも遊ぼうね。遊んでね」

「もちろんだよ」

　そう答える以外に、私に選択肢はない。写真と共に送られてくる〈生まれました！〉のメッセージや、出産祝いに選ぶ、柔らかな配色のスタイやラトル、ある日突然届く内祝いのタオルに、赤ちゃんの写真がプリントされた年賀状。それらがつむじ風のように脳裏を回った。

「早く衿子の赤ちゃんを抱っこしたいなあ。ねえ、志織のところは、まだ子どもは考えてないの？　前に訊いたときは、もう少し二人の生活を楽しみたいって言ってたよね？」

杏奈の声音は、どこまでも無邪気だった。

「うちは、本当にどっちでもいいって感じなんだ。できても、できなくても」

「今、妊娠したら、衿子のところと同じ学年の赤ちゃんになるんじゃない？」

「あー、私の予定日が来年の一月だから、志織が今すぐ妊活を始めても、タイミングによっては四月になっちゃうかも」

「でも、予定日より早く産まれることも普通にあるよねえ？　私も三週間くらい早かったって、お母さんが言ってたよ」

妊娠週数の計算は独特だ。最終月経の初日をゼロ日目にすると決まっている。一昨日のタイミング法で妊娠していたら、出産予定日は来年二月になるはず。私は無意識のうちに計算していた。

「そう……だね」

「学年が同じにならなくても、月齢の近い子どもを志織と一緒に育てられたら楽しそう」

私を見つめて衿子が微笑む。衿子の目は、色素がこんなに薄かっただろうか。ふと疑問に感じたけれど、今までの彼女の虹彩を思い出すことはできなかった。

「絶対に楽しいよ」

精いっぱいにこやかに応えると、私はグラスを満たす炭酸水を飲み干した。

十二日後、生理が来た。

そのとき、私は仕事中だった。海外のサイトを翻訳していて、パソコンにインストールしている辞書ソフトの訳では、どうにもしっくりこない英単語にぶつかっていた。今度は紙で引こうと、本棚に並ぶ辞書のうちの一冊に手を伸ばした次の瞬間だった。身体が熱い液体を絞り出す感覚に襲われると同時に、下着が陰部に貼りつくような感触を抱いた。

どうか違いますように、気のせいでありますように。

トイレに向かいながら、必死に祈った。もしかしたら、三十四年の人生で、これほど強くなにかを願ったことはなかったかもしれない。私を嘲笑するクラスメイトが、なにかの拍子に許しを請うてきますように。私が相談に上手く答えられなかったことに、友だちが失望していませんように。第一志望の高校に、大学に、合格していますように。この着信が、内定を知らせる電話でありますように。過去にもいろんなことを望んだような気がするけれど、今の切実さに比べれば、どれも真剣味が足らないように思えた。

息を止めて下着を下ろす。赤い染みがついている。視界が揺れて、なんで、という気持ちと、ほらね、という思いが間欠泉のように噴き出した。赤がにじむ。涙が落ちる。着古したルームワンピースに歪な水玉模様ができる。今月もだめだった。フーナーテストの結果はよかったのに。またリセットだ。

独身の衿子は、できたのに。

汚れた下着を風呂場に投げ入れた。すぐに洗う気力がない。サニタリー用の下着に生理用品を貼りつけて、屈辱的な気持ちで身に着ける。デスクにあったスマホを握り締めると、寝室のダブルベッドに身を投げた。

〈せいりきた〉

絵文字もスタンプもつけずに、これだけを誠太のLINEに送った。枕に顔を埋める。皮脂の臭いが鼻をつく。生理が来るかもしれないことは、本当は、今朝の時点で分かっていた。なぜなら、基礎体温の値が低かったから。高温期が終わりを迎えたから。もし赤ちゃんができていたら、高温期は妊娠四ヶ月くらいまで続くという。だから、排卵日付近に身体を重ねたあとは、毎朝すがるような思いで体温計を咥える。体温が下がりませんように、と願う。

なのに、今月も祈りは通じなかった。寝返りを打ち、ベッドに大の字になった。体温計に表示された数字を信じたくなくて、測定ミスだと思いたくて、自分の気をそらすために朝から仕事をしていた。パソコンが点けっぱなしであることや、翻訳が文章の途中で止まっていることに、今、気づいたけれど、もうどうでもいい。データが消えるなら、消えればいい。

どうして私のところには赤ちゃんが来ないのだろう。

カフェインはなるべく避けて、妊活中の摂取が勧められているサプリを飲んでいる。締め切り直前を除いて、睡眠時間や食事の内容にも気を遣っているし、妊娠判定待ちのあいだは、当然、お酒は一滴も飲まない。飲食店に入るときも、完全禁煙のところを選ぶようにしている。夏場でも靴下は常に装着。運動不足にならないよう、意識的に散歩もしていた。

それでも妊娠しない。検査薬に、陽性判定線がうっすらと見えたことすらない。両脚を大きく開かれる、内診の気恥ずかしさ。採血や、抗体が切れていたワクチンの再接種のために、苦手な注射も数え切れないほど打った。お尻に針を刺された排卵誘発剤の注射は、涙が出るほど痛かった。子宮卵管造影検査の吠えたくなるような痛みも、黄体ホルモン剤の船酔いが長時間続くような副作用も、前のクリニックで受けた治療のことは、まだ鮮明に覚えている。

あれらを経ないで妊娠できる身体が羨ましい。私は通院のために会社を辞めた。去年まで勤めていたのは、翻訳学校を卒業したばかりの私を契約社員として採用してくれるような、柔軟な社風のベンチャー企業だった。唯一のネックが、直属の上司が私が有休を申請するたびに不機嫌になることで、結局それに耐えられなくて、私はフリーランスに転じていた。

　空っぽの下腹部に手を当て、瞼を閉じる。分かっている。年齢のことを考えたら、前のクリニックですでに人工授精に取り組んだことを今の医師に伝えて、一日も早く治療をステップアップしたほうがいい。でも、人工授精を五、六回受けて結果が出なければ、次は体外受精だ。金銭面では行政の補助を受けられたとしても、肉体的な負担が桁違いに大きくなるのは、どうしたって避けられない。上手くいかなかったときの絶望も、さらに膨らむだろう。体外受精や顕微授精のような高度生殖医療に対して、私にはまだ迷いがある。自然妊娠を諦めきれない。だって、すべての検査において、私たちは異状が見つかっていないのだ。

　衿子は、なにもしなくてもできたのに。

　また視界がにじむ。目尻を伝い、涙がこめかみを流れる。

　夫婦間の相性みたいなこともあるかもしれませんね、と前のクリニックで私を担当していた医師は言った。四十代後半くらいの、髪がやけに黒々した男だった。二度目の人工授精が失敗に終わったあと、原因は本当に分からないんでしょうか？　と食い下がる私に、原因不明不妊というのは、現時点の医学では要因を特定できないという意味でしかないんです、と彼は以前と同じ説明を繰り返した。例えば、と検査方法が確立されていない事柄をいくつか挙げたあとで、否定する医者もいますけど、と彼がどこか投げやりな態度で付け足したのが、卵子と精子の相性に関する話だった。誠太は私の隣で押し黙っていた。

子どもたちの声が聞こえてくる。スマホで時間を確認すると、ちょうど小学校の下校時刻のようだ。楽しそうな声にしばらく耳を傾けてから、スマホの検索窓に〈妊娠ジンクス〉と入力した。少し前から頻繁に眺めている坊主頭のおじさんのイラストをタップする。ホクロかイボか、おじさんの顔には茶色の点がみっつあり、耳たぶは肩につくほど長い。この画像をスマホの待ち受けに設定すると、子宝に恵まれるというジンクスがあるそうだ。

突然画面が切り替わった。誠太の名前が表示され、筐体（きょうたい）が振動した。

「もしもし？　誠太？」

「志織？　大丈夫？」

「……大丈夫じゃない」

「あっ、そうだよね。ごめん」

外に出たついでに電話をくれたようだ。言葉に詰まった誠太の背後から、呼び込みの声が聞こえた。乗り換え、契約、今だけ半額。回線サービスの代理店だろうか。今、私たちは違う場所にいるんだな、と当たり前のことを感じた。毎晩同じベッドで眠り、平日の昼食以外は同じものを食べ、同じシャンプーで髪を洗っていても、私と誠太は別々の人間だ。子を生(な)したいという根源的な願いには、どうしたって他者とは融合できない悲しみを克服したいという思いが隠れているのかもしれない。

「どうして」

「うん？」

「どうして私たちだったんだろう。約四組に一組の夫婦が不妊治療を受けている時代だって言われてるけど、それってつまり、大半の夫婦は医学の手助けがなくても、赤ちゃんができたってことだよね」

「そう、だね」

「私もそっちに入りたかったな」

「うん」

「治療を受けていたら期待しちゃうし、期待していたら、そのぶん絶望する。辛(つら)いよ」

「僕は、志織に辛い思いをさせていることが一番辛いよ」

「でも誠太だって、毎月がっかりしてるでしょう？」

相性という単語には、人をもしもの世界に突き落とす暴力性がある。結婚相手が違えば、私たちはどちらも親になれたかもしれない。あの医師の発言は、そういう残酷な可能性を示唆していた。

「がっかり……とは少し違うかな。悔しいし、悲しいけど」

一度目の人工授精が上手くいかなくて落ち込んでいたとき、誠太からは、僕は死ぬまで志織と二人きりでも構わないよ、と言われていた。妊娠へのこだわりは、私のほうが断然強い。でも、子どもができたら誠太も喜ぶはずだ。赤ちゃんがほしい。初めは水風船くらいの大きさだったこの思いが、いつから気球のように膨らんだのか、自分でも分からない。でも、我が子を抱きしめたいという願いは、多くの人が、もしかしたら夢とも思わないうちに叶えていることだ。その当たり前を、私も手に入れたかった。

「私、衿子が羨ましい」

「うん」

「羨ましくて羨ましくて、なんかもう、憎いの」

「うん」

「憎いって思っちゃうの。友だちなのに」

不妊治療を始めてから、私の性格は醜くなる一方だ。街で妊婦や乳幼児を見かけたときの、羨望と疑問と焦燥で脳が掻き乱されるような感覚。赤ちゃんを見せつけられているように感じるときもある。特に衿子と杏奈は、出産から遠いところにいるような気がしていたから、今回の件はショックだった。なのに、相手に不快な思いをさせないよう愛嬌を振りまくことはやめられなくて、いっそ、妊娠したい気持ちごと身体が散り散りになればいいのに、と何度も思った。

「……そっか」

誠太はまた短い相槌を打った。でも、つれないとは思わない。彼の沈黙には、私の言葉を咀嚼しようとする気遣いがにじんでいる。人に嫌われることが怖い私も、誠太にはなんでも言えた。それに、すっぴんも冷却シートを額に貼った顔もよれよれのルームウェアを着ているところも、どんな姿でも見せられる。誠太は私に理想を押しつけない。きっと、私の愛嬌や気遣いを自分の人生に必要としていないのだろう。

「だったら、僕が志織の代わりに本島さんを憎んでおくから」

「どういうこと？」

「地球上のすべての人が本島さんの出産を祝っても、僕は喜ばない。直接会う機会があっても、絶対におめでとうって言わない」

「なにそれ」

思わず吹き出した。

「僕がそっちを担当するから、志織は今までどおりでいいよ」

「……うん」

鼻の奥がつんとして、返事に困った。泣きたい衝動を額を掻いてごまかし、

「あ、長電話になっちゃったね。私はもう平気だから、誠太は仕事に戻ってよ」

「いや、それが」

「どうしたの？」

「実は会社を早退したんだ。もうすぐ駅に着くところ。途中の駅ビルで、美味しそうな惣菜と、志織の好きなお酒を買って帰るよ。それから、志織が食べたいって言っていたチーズケーキも」

「誠太……」

生理が来たと報告して、勤務時間中に電話をもらったことは何度もある。彼の声を聞くと、ささくれ立った気分は保湿剤を塗ったように柔らかくなった。すぐには治らなくても、皮膚を剝きたいと思わなくなるだけで、傷は快方に向かう。誠太と話せるだけで救われるのに、今日は早退までしてくれた。

「ごめんね」

すばやく瞬きをして、涙を乾かした。全身全霊で慰めを請うようなメッセージを送ったことが、ひどく恥ずかしい。誠太が帰宅してから、今月もだめだった、と明るく

伝えればよかった。彼の仕事を邪魔した自分が情けなかった。

「志織が僕に謝ることは、この世の中にひとつもないよ」

誠太の口調には力が入っていた。先日、電車に乗り込む際に謝罪の言葉が聞こえたような気がしたことを思い出す。軽口を交えて、ひとつもないわけないと切り返したかったのに、具体例が思い浮かばなくて、誠太は大袈裟(おおげさ)だな、と、ただ笑った。

「大袈裟じゃないよ」

誠太が言った。

・

ドアに鍵をかけ、靴箱の上の小皿に判子を戻した。花の模様が描かれたこの陶器は、群馬の特産品だ。結婚一年目に誠太の祖母の十三回忌に参列して、香典返しにもらった。祖父のほうは、誠太が小学生のときに亡くなっている。父方の親類である二人を、誠太はとても慕っていた。幼いころには、一緒に暮らしていた時期もあるという。

配達員から渡された段ボール箱を手に、リビングダイニングに向かった。今日の箱は少し重くて、そのことにほっとする。子宝グッズの中には、やたら小さかったり軽かったりするものがある。それらを受け取ったときには、溺(おぼ)れている真っ最中に板とも呼べない木片を投げ込まれたような思いがした。

アイロンのスイッチが切れていることを確かめて、段ボール箱のガムテープを剝がした。ついさっきまで、私は誠太のワイシャツの皺を伸ばしていた。まだ全部は終わっていないけれど、早く実物を目にしたい気持ちには勝てない。カッターを取りに行くのももどかしくて、手で引き裂くように蓋を開けた。

緩衝材に埋もれるように、ポリ袋で包装されたベロア生地の巾着が入っていた。口を開けて、中身を手のひらに載せる。手首を囲むように天然石を繋いだブレスレットは、ひんやりと冷たい。乳白色と、桃色と、朱色と、赤褐色。どの石も澄んだ光を放っている。さっそく左手に装着した。じゃら、と音が鳴る。地面に手を引かれているような重みが快い。

誠太が早退した日から、さらに二回、生理が来た。そのぶん時も流れて、街には秋の気配が漂っている。私はエアコンを止めて、掃き出し窓を開けた。夕方を過ぎると、冷房よりも外気のほうが涼しい。ベランダの笠木に肘をかける。このマンションは駅から離れているぶん、周囲に背の高い建物が少ない。五階からの眺めは悪くなかった。

暮れなずむ空と濃い灰色の雲に、中学三年生のときに見た景色を思い出した。私は一年生のころと変わることなく、一部のクラスメイトにとっては玩具のような存在で、気まぐれに無視されたり悪口を言われたり、持ちものを隠されたり、傷つくために学校に通うような日々を送っていた。〈I am a Bitch!〉と書かれた紙を背中に貼られたこともある。でも、あの日、校舎の三階から外を眺めていただけなのに、もしかして飛び降りるの？　と嬉しそうな声で訊かれたのは、さすがに堪えた。私が窓から半歩退くと、なんだよ、死んでくれるかと思ったのに、と彼は笑った。

死のうと本気で思った瞬間だった。

帰宅後、両親が仕事から帰っていないこと、妹が友だちの家に遊びに行っていることを確認して、ベランダに立った。当時の自宅はマンションの八階にあった。ここから飛び降りれば、確実に死ねるだろう。キッチンから持ってきた脚立に上がり、笠木に手をついた。そのときに感じた粉っぽい手触りを、今でも覚えている。視点が高くなり、同じマンションに住んでいる下級生が、真下を友だちと連れ立って歩いているのが見えた。笠木を越えた胸に風を感じて、冷たい手で内臓を撫でられたような心地がした。

今、目の前に広がる夕焼けは、あの日見たものに似ている。うら寂しい雰囲気や、どこからか漂ってくるカレーの匂いも、記憶を再現したみたいだ。

身体を冷やす前に室内に戻った。残りのワイシャツにアイロンをかけて、夕食の支度に取りかかる。今日はアボカドとトマトのサラダに、カボチャの味噌汁と鮭とアスパラのバター醤油焼きだ。あとは火を通すだけという段階まで調理して、ソファでタブレット端末を起ち上げた。勉強のため、英語圏の新聞と雑誌を長年定期購読しているけれど、細部まで理解するには集中力が必要で、新聞一紙を読み終わらないうちに誠太が帰ってきた。

「ただいま」

　なんとなく出迎えたい気分で玄関に向かった。靴を脱いでいた誠太が顔を上げる。

「おかえり。早かったね」

　朝よりぺちゃんこに潰(つぶ)れた髪と、照りの増した肌。仕事帰りの誠太は、古い油紙のような匂いがする。

「ちょうど切り上げられるタイミングがあったから。それは、新しいやつ？」

　彼は私の左手に視線を向けた。自分の身なりにはまったく構わないくせに、誠太は、私が髪型やメイクを変えるとすぐに気づく。

「うん。今日の夕方、届いたんだ」

「カラフルだね」

「そうなの。この白っぽいのがパールと水晶で、ピンクのやつが、ローズクォーツ。ローズクォーツは、女性ホルモンの分泌を手助けしてくれる石なんだって。それから、血液の循環に効果的なガーネットと、昔から子宝や安産のお守りとして有名な、ピンクコーラルだよ」

　へえ、と誠太は頷くと、靴箱のほうに首を捻(ひね)った。判子を置いている小皿の隣には、毛糸で編まれた靴が並んでいる。ベビーシューズを玄関に飾ると、その家に赤ちゃんがやって来る。そんなジンクスがあると知り、ネットで購入した。本当に子どもが履くものではないから、靴は左右を合わせても片方の手のひらに収まるほどの大きさしかなかった。

一、二ヶ月前から妊娠ジンクスを実際に試している。手始めにスマホの待ち受けを坊主頭おじさんの画像に替えて、コウノトリのストラップをぶら下げた。それから、アロマオイルを購入し、枕カバーを取り替えて、玄関にベビーシューズを置いた。子宝草も枯らすことなく育てているし、カウンターの片隅には、地方の民芸品や外国の人形を縁起物として飾っている。

原因を見つけて対策を練り、懸命に取り組む。それが問題を乗り越えることだと、ずっと思っていた。高校生活が中学時代の二の舞にならなかったのも、翻訳者になれたのも、私が正しく努力を積み重ねた成果だ。なのに、私たちの不妊治療は、真っ暗闇の中、手探りでゴールを探せと命じられたに等しかった。最近受けた検査も、異状なし。これはいよいよ体外受精に進むしかないのだろうか。でも、あと少しだけあがきたい。衿子は自然に妊娠できたのだ。

「効くといいな」

ブレスレットに目を落として呟く。誠太は私の横をすり抜けて寝室に入ると、ネクタイを引き抜き、スーツを脱いだ。なぜか部屋の照明は点けずに、廊下から差し込む

明かりで着替えている。私は彼のシルエットに向かって、

「もちろん、子どもができたとしても、本当にこれの効果だったかどうかは確かめようがないんだけど」

　と話を続けた。

「そうだね」

「でも、少しでも可能性があるなら、試すことに意味があるよね」

　私が妊娠ジンクスを知ったのは、治療が始まった直後のことだ。そのときは、医療という科学の力を借りながら非科学的なものに頼ることに強い違和感を覚えた。でも、もうそんなことは言っていられない。非科学的なジンクスこそ、今の科学では原因を究明できない私たちの不妊をゴールに導いてくれるかもしれない。この理屈は、誰にも否定できないはずだ。

「お腹が空いたな。今日の夕食はなに？」

「メインは、鮭とアスパラのバター醬油焼きだよ」

「よかった。今日の定食、鮭のムニエルにするか生姜（しょうが）焼きにするかで迷ったんだよね」

「生姜焼きにしたんだ。あ、鮭を焼いて味噌汁を温め直してくるね」

「僕も手伝うよ」

「いいって。疲れてるでしょう？　ソファでゆっくりしてて」

「仕事で疲れてるのは、志織も同じだよ」

キッチンに向かって歩き出した私のあとを、誠太がついてくる。

この人は、絶対にいい父親になる。世界中の誰よりも。


「あ、お姉ちゃん？　今、電話しても大丈夫？」

どうしたの？　とスマホ越しに問いかけると、美遥の声が矢のような勢いで耳に飛び込んできた。私はとりあえず目の前のテキストファイルを保存して、辞書を閉じた。

美遥の仕事は雑誌編集者で、時間には融通が利くみたいだけれど、それでも平日の真っ昼間にかけてきた電話が世間話で終わるとは思えなかった。

「はいはい、平気だよ」

「お姉ちゃんさ、その後、妊活のほうはどうなの？」

「どうって……」

私は苦笑した。美遥とは五歳離れているけれど、今でも一緒にランチをしたりショッピングに行ったり、仲がいい。美遥の率直で無神経な物言いを、しょうがないな、と思えるのは、年が近くないからかもしれない。

「妊娠してないんだから、順調ではないと思うけど」

二日前にも生理が来た。この周期は排卵誘発剤を試すことになっていて、昨日、内服薬が処方されたばかりだ。卵胞の発育具合によっては注射も打つかもしれない。今のところ、前のクリニックの治療方針をほぼなぞっている。今回上手くいかなかった場合は人工授精に切り替えましょう、と医師は言っていた。やっぱり年齢の問題があるようだ。

「だったら、ヒーリングセラピーを受けてみない？」

「ヒーリングセラピー？」

手もとにあったノートに、〈healing〉〈therapy〉と書きつけた。どうしてわざわざふたつの単語をくっつけたのだろう。あとで辞書を引き、ヒーリングとセラピーの違いを調べてみようと思う。

「お姉ちゃんはこういうのに興味がないかもしれないけど、最近、カイニンヒーリングセラピーっていうのを始めて、評判のいい先生がいるんだよね」

美遥が仕事で担当しているのは女性誌だ。周囲に好奇心の旺盛（おうせい）な人間が多く、また、彼女自身も行動的で、常に最新の情報に触れていた。

「カイニンっていうのは、ご懐妊です、の懐妊？」

「違う違う。開閉の開に妊娠の妊で、開妊。妊娠に繋がる扉を開くっていう意味の造語なんだって」

妊娠に繋がる扉を開く、という美遥の言葉が、思いがけず胸に響いた。木製で両開きの、中世ヨーロッパの城に使われているような扉が音を立てて開き、内側から光がこぼれる様子が思い浮かんだ。

「具体的にはなにをするの？　マッサージみたいなこと？」

「ううん。先生は、お客さんの身体には触らないの。先生は目と手でお客さんのエネルギーの様子を確認して、悪いものが滞っているところを流したり、足りないものを注入してくれたりするみたい」

へえ、と私が応えると、美遥は、お姉ちゃんはあんまり興味がないかもしれないけど、と、さっきも口にした文言を繰り返した。実家に住んでいたころの私は、テレビ番組の運勢占いにも興味がなかった。手首にぶら下がるパワーストーンのブレスレットを見遣り、未来は分からないな、と青春ソングのようなことを思った。

「宣伝は一切してなくて、紹介でしかお客さんをとらない先生なんだけど、とにかく効果があるみたいなんだよね。今晩、取材に行くことになったから、お姉ちゃんがあれだったら、ついでに予約を入れてあげようかと思って」

料金と場所を尋ねると、思っていたよりも安く、行きやすい街にあった。だったらいいか、と空いている日時を伝える。これも妊娠ジンクスの一種だろうという思いと、身内の予約を入れることで、美遥の取材がよりスムーズに進んでくれたら、という計らいがあった。昔から妹には甘いのだ。

「とりあえず、一回試してみるよ」

「それがいいと思う。やってみないと、自分に合うかどうかも分からないもんね。じゃあ、無事に予約が取れたら、また連絡する」

「はーい、ありがとう」

通話を切る。熱くなったスマホをデスクに置いた。ノートにメモしたふたつの英単語をぼんやり見つめて、私は仕事を再開した。


朱羽子（とわこ）さんは小柄で華奢（きゃしゃ）な、年齢不詳の女性だった。と言っても若作りをしていたり不気味だったりする雰囲気はなく、表情によって、ごく自然に二十代にも四十代にも見える。陶器のようになめらかな肌と、隠そうとしていないシミや皺のバランスが、彼女に不思議な佇（たたず）まいを施しているのかもしれない。囁いているようで、耳にはっきり残る声も特徴的だった。

「あ、エネルギーの流れが内に向いちゃっていますね。エネルギー自体はたくさん湧いていて、非常にすばらしいんですけど……。辻原さん、大河を想像してみてください。豊富な水量が海に向かって一直線に流れているあいだは、すべてが順調に進みます。海の水が蒸発して雲になり、山に降り注ぐ。最高の循環です。数多（あまた）の命を育みます。ですが、これがひとたび逆流すると、堤防は決壊して、水は陸地に流れ出し、自然界のバランスや人々の生活を脅かすことになります。これが、辻原さんの今の状態です」

美遥が予約を入れてくれた日時に、LINEで教えられた住所へ向かった。そこは五階建ての小さなマンションだった。昔ながらの中層団地のような造りで、エレベーターはない。階段を三階まで上がり、本当にここでいいのか迷いながら、表札も看板もない部屋のインターホンを押した。そうして中から現れたのが、黒くてゆったりしたワンピースを着た朱羽子さんだった。

室内は自宅を兼ねているような間取りだった。施術室に割り当てられた洋間はカーテンが閉め切られ、オレンジ色の間接照明が灯っていた。目につく家具はベッドと本棚くらいで、装飾品は少ない。ただ、ピアノ演奏の音楽がかすかに流れていた。朱羽子さんは私の名前と生年月日を確認すると、直立姿勢の私の周りをゆっくりと歩いた。まるで私の全身をスキャンしているかのような、隙のない視線の運び方だった。その後、服を着たままベッドに仰向けで寝そべるよう指示を出して、彼女は今、私の身体に両手をかざしている。

「私が今から行うのは、水の流れを海の方向に戻し、壊れた堤防を再構築して、陸地に溢れた水を蒸発させることだと捉えてください。大切なのは、エネルギーを循環させること。淀んだエネルギーを含んだ子宮は、受精卵を上手くキャッチできません」

朱羽子さんの声音は柔らかく、ひどく失礼なことを言われているはずなのに、自明の理を説かれているような気持ちになってくる。自分の身体に泥が詰まっているイメージを思い浮かべると、妙に納得した。異状は見つかりませんでした、と言われるよりもしっくりくる。淀んだエネルギー。ここに私の問題はあったのか。泥に蒔かれた種が芽吹かないまま腐っていくイメージは、私の心をいっそ安らかにした。

「力を抜いて、リラックスしていてくださいね」

朱羽子さんはさっきと変わらず、私の身体から二十センチほど手を浮かせている。胸の上では犬を撫で回すように手で円を描き、下腹部の上ではぴたりと止めて、動きにはなにかしらの意味があるようだ。手をかざされているところには、温かいと思えば温かい程度の感覚が広がっていた。

瞼が徐々に重くなっていく。ぼうっとした頭で、自分が眠くなっていることに驚いた。私は家族以外の人間がそばにいるとなかなか寝つけない。私が誠太を結婚相手として最初に意識したのは、三度目のデートの帰り道、電車で彼にもたれてうとうとしたことがきっかけだった。あの日、誠太は初めて私のことを、志織、と呼んだ。上擦った声はかわいかった――。

「はい、終わりました。お疲れさまでした」

はっとして目を開けた。よだれを啜り、口もとをこする。初対面の人に会うからと、丁寧にメイクをしてきれいな服を着てきたのに、台無しだ。朱羽子さんに目を向けると、彼女は疲れのにじんだ表情で額を拭いていた。施術時間は三十分程度だったようだ。すぐに身体を動かすと治した流れが定着しにくいので、と朱羽子さんはキッチンの前のテーブルに私を案内した。

「ルイボスティーです」

湯気の立ったふたつのマグカップが運ばれてきた。澄んだ赤茶色の液体がなみなみと注がれている。一口飲むと、爽(さわ)やかな香りが鼻を抜けた。ルイボスティーは、妊活中の飲みものとして人気がある。私も買ったことがあるけれど、口に合わなくて、戸棚にしまいっぱなしになっていた。でも朱羽子さんが淹(い)れてくれたこれは、すごく美味しい。

「やはりご姉妹ですね。先日の取材の際、高野(たかの)さんのエネルギーも診せていただいたんですが、エネルギーの湧き方がとても似ていらっしゃいます。お二人とも、意志が強いんですね」

「その節は妹がお世話になりました」

「高野さんは、辻原さんのことを大変心配されていました。お姉ちゃんはしっかりしているようで暴走しやすいから、と」

「またそんなことを言って。私と電話で話したときは、結構気楽な感じだったんですけど」

朱羽子さんは目を細めると、首を小さく横に振った。

「本日の施術は、先ほどもお話ししたとおり、かなりの大工事になりました。仕上がりには充分留意したつもりですが、なにぶん急ごしらえなところもありますので、あと数回通っていただいたほうが安心かと思います」

「あのっ、先生。エネルギーを逆流させないためには、どうしたらいいんでしょうか？」

「それは、気持ちを抱えすぎないことですね」

なるほど、と頷きながら、内心で首を傾げた。私は誠太に愚痴も弱音も吐き出している。一人で抱え込んでいる実感はない。クラスメイトの仕打ちを誰にも話せなかった中学時代に比べたら、今の私は締まりの緩い水道も同然だ。ちょっとした衝撃で水が出てくる。

朱羽子さんは私の考えを見透かしたように、

「この場合の気持ちは、なにも負の感情だけを意味しているわけではありません。例えば気がかりがあるなら、些細なことでも、解消に向けて動いたほうがいいです」

と言った。大きな黒目とぶれのない視線に、本当に心を読まれたような気がしてどきっとする。でも、不快だとは思わなかった。

「あとは、楽しかったり嬉しかったりする気持ちも、外に向けて放出してください。非常にシンプルですが、遠出や旅行もお勧めです」

「旅行、ですか」

そういえば、一年近く誠太と旅行していない。生活が不妊治療を中心に回り始めて、それどころではなかったのもあるけれど、誠太が写真スポットを調べて、ここに行きたいんだけど、と言わなくなったことも大きい。ＩＴＡＳＥの Instagram が更新されなくなって、約半年。フォロワーから安否を心配するコメントも寄せられていた。誠太がカメラを休もうと思った理由がスランプなら、旅行は彼にとっても気分転換になるかもしれない。

「いいかもしれませんね、旅行」

「ぜひ旦那さんと一緒に行ってみてください」

朱羽子さんに料金を支払い、次回の予約を入れて、暇乞いをした。帰りの電車で美遥に報告と礼を兼ねたメッセージを送る。来たときよりも身体が軽かった。今日受けたのは開妊ヒーリングセラピーだから、妊娠しなければ効果があったとは言えない。でも、すっきりした気分だった。

車窓から見上げる十月の空は、高い。平日の昼下がり、電車は閑散としている。車両には私を含めて五人しか乗っていなかった。みんな、手にスマホを持っている。それぞれに繋がりたい相手や、アクセスしたい情報があるのだろう。

私は一秒だけ目をつむると、再度LINEを開いた。本物のドライフラワーを用いたピアスのアイコンをタップして、〈久しぶり！　体調はどう？　もし落ち着いていたら、また杏奈と三人で集まろう！〉と送信する。志織は今までどおりでいいよ、と誠太は言ってくれたけれど、衿子とのトーク画面は、集まりの翌日に〈昨日はありがとう！　身体に気をつけてね。改めて妊娠おめでとう！〉〈こちらこそ、昨日はごちそうさまでした。おめでとうって言ってもらえて嬉しいよ〉とやり取りしたところで終わっていた。

ずっと、衿子のことが気がかりだった。彼女に対する嫉妬は、まだ完全には消えていない。でも、婚姻届を出す出さないはともかく、パートナーと住まいが離れている状況で子どもを産むのには、衿子も不安を感じているはずだ。

スマホを鞄に入れて、また空を仰ぐ。高層ビルのあいだを三羽の鳥が滑るように横切っていった。


その晩、衿子から〈ありがとう！　無事に安定期に入りました。ところで話したいことがあるんだけど、今、電話してもいい？〉と返信があった。猫のスタンプで了解の旨を伝えると、スマホはすぐに着信を告げた。

「もしもし、衿子？」

「志織？　ごめんね、急に」

「いいよ。どうしたの？」

誠太はまだ仕事から帰っていない。リビングダイニングには、カボチャのクリームシチューの甘い香りが漂っている。私はソファに横向きに座り、脚を伸ばした。なにかあったのかと心配する反面、友だちと電話で話すことに、高校生のころのような高揚感を覚える。当時は今のようにアプリ通話はなく、携帯電話の通話料金は高かったので、家電を使って何時間も喋っていた。

「実はね、今週末、由孝が東京に来て、婚姻届を出すことになってるんだ」

「えっ、おめでとう。私、すごいタイミングでLINEしたんだね」

「そうだよ。びっくりしちゃった。もちろん、無事に受理されたら、志織と杏奈には報告するつもりだったんだけど」

衿子はここで小さく息を吸って、あいつさ、女がいたんだよね、と鼻で笑うような、自嘲するような口調で吐き捨てた。

「後藤さんが？　広島に？」

「そう。それで結婚を渋ってたみたい。なんか怪しいと思って問い詰めたら浮気が発覚して、私はもう別れる心づもりでいたんだけど、由孝がその女と手を切って都内の支店に転属願を出すって言うから、今回は目をつむることにした。一応、初犯だしね」

「それは……大変だったね」

クッションを抱きしめ、後藤さんと会ったときのことを思い出す。住宅ローンの基礎から学ぶ必要がある私と誠太に、後藤さんはてきぱき説明してくれた。笑い方が大仰でノリの軽い人だったけれど、それでも衿子のことは大事にしているものとばかり思っていた。衿子の友だちの力になれて嬉しいと、何度も口にしていたのだ。

「辻原さんみたいな完璧な旦那になることは期待できないけど、まあ、それでもいないよりはいたほうがいいよね。お腹の子の父親なんだから」

「夫婦になったり子どもが生まれたりしたら、後藤さんも変わるかもしれないよ」

「んー、あんまり期待しないようにしておく」

言葉とは裏腹に、衿子の口ぶりは弾んでいた。結婚が決まって安堵しているのだろう。衿子は根が真面目で、たぶん、小中学生のころは優等生だったのだと思う。自由に生きるのが上手くないと知っているからこそ、妬ましくても放っておけなかった。

「由孝のことは今度詳しく喋るとして、本題は、王子だよ」

「王子って、健太朗？」

「そう。志織は王子には、本当に未練はないよね？」

「衿子も知ってるでしょう？　全然ないよ」

私は昨日まで大好きだった恋人でも、この人とはもう無理だと思った瞬間に、相手に対する興味がきっちりゼロになる性格だ。違和感と共存することができない。別れた恋人と友だちになることはありえなかった。

「だよね。だから言うんだけど、王子も去年結婚して、このあいだ、子どもが生まれたみたい。志織は全然チェックしてないみたいだけど、寿史と圭介がFacebookで王子と繋がってるからさ。そっちから情報が回ってきた」

「へえ、そうなんだ」

予想どおり、喜びも寂しさも感じなかった。健太朗と夫婦になっていたら、もしかして私も、と、ほんの一瞬だけ想像したけれど、これは未練とは違う。数学の問題で確率を求めるときのように、組み合わせを機械的に頭に思い浮かべたに過ぎなかった。

「まさか私が王子のところと同学年の子どもを産むことになるなんて、人生って不思議だね」

「そうだねえ」

私たちの年齢を考えたら珍しい偶然でもないような気がしたけれど、そこに重なれない自分の現状を噛み締めるのが辛くて、曖昧(あいまい)な同意を返した。実際、Facebookには出産や育児にまつわるエピソードが溢れている。そこから距離を取るために、私はFacebookのログインを避けていた。

「衿子は出産は東京でするの？　それとも、名古屋に帰るの？」

「こっちで産むよ。親は帰ってきてほしいみたいだけど、ぎりぎりまで仕事したいし」

「産休とかないの？」

「自営だからねえ。取りなよって相方は言ってくれるけど、結局、仕事しちゃうような気がするな」

「もう。本当に身体に気をつけてよ。私にできることがあったら言ってね」

近いうちにまた三人で集まることを約束して、電話は終わった。ソファの背もたれに上半身を添わせて伸びをする。澄んだ空気が肺に悠々と広がっていく感覚に、ふいに涙が出そうになった。自分が思っていた以上に、衿子のことは気がかりだったらしい。

朱羽子さんの言うとおりだ。気持ちを抱え込むことは、体内を淀ませる。

昨晩、誠太とセックスした。このあたりが排卵日だろうと診断を受けていたのだ。排卵誘発剤を取り入れたタイミング法ということになるけれど、なんとなく今回も難しいような気がしている。でも、朱羽子さんの開妊ヒーリングセラピーを受けていたら、少しずついい方向に向かうかもしれない。

歩むべき道は、見えた。

氷のようになめらかな御影石の表面を水はするすると流れ落ちて、白字で彫られた〈辻原家之墓〉の文字の窪みを伝っていく。固く絞ったタオルで拭くと、墓石はいっそうの艶を取り戻した。ダウンコートを着た私の姿が、まるで鏡のように映り込んでいる。竿石の右側の面にはふたつの戒名と、それぞれの没年月日が刻まれていた。誠太の祖父は辻原家の三男で、だから本家の墓には入らず、ここには義祖父母の二人が眠っているらしい。

冷たくなった指先を吐息で温めて、ふたたび柄杓でバケツの水をすくう。それに気づいた誠太が、雑草を抜いていた手を止めて、

「代わろうか」

と言った。

「ううん、平気。もう終わるから」

花立てに溜まっていた雨水を捨て、管理事務所で購入した仏花を活けた。水鉢にも柄杓で水を満たす。誠太がリュックから線香を取り出し、不器用な手つきでライターで火を点けた。線香の先端に朱色の点が生まれて、一筋の煙が立ち上る。いつ嗅いでも、夏を感じる匂いだと思う。

並んでその場にしゃがみ、手を合わせた。駅からバスに二十分ほど揺られて辿り着いた民営墓地は広く、秋の彼岸を二ヶ月前に終えたからなのか、墓参者はまばらだっ

た。砂利の隙間から雑草が生えていたり、水鉢に落ち葉が貼りついていたりする墓も多い。頰に触れる風は東京よりも強く、冷たく、今、自分が群馬にいることを実感させられた。

「ありがとう。志織が来てくれて、二人も喜んでると思う」

管理事務所に戻り、掃除道具やライターを返却したところで、誠太が口を開いた。

「そうだといいな。雪が降る前に来られてよかったよ」

「そうだね。雪の時季にはこの墓地もだいぶ埋もれて、自分の家の墓まで辿り着けなくなるから。ひどいときは、竿石のてっぺんまで雪で覆われるよ」

「そんなに積もるんだ。すごいね」

感心した私に誠太が頰を緩める。普段は滅多に故郷のことを口にしないけれど、やっぱり愛着があるのだろう、照れているような表情だった。私がにやにやして顔を覗き込もうとすると、誠太は慌てたように周囲を見回した。

「時刻表は……あ、あった」

壁の一画に向かって歩き出した彼を、私も追いかける。二人でバスの時刻表を覗き込んだ。駅に戻る便がやって来るのは、当分先になりそうだ。行きは駅前の飲食店で昼食を摂って時間を調整したけれど、ここであと一時間以上過ごすのは厳しい。誠太と相談して、タクシーを呼ぶことにした。スマホからタクシー会社に電話をかけると、到着までには二十分ほどかかると言われた。

自販機で温かい飲みものを買い、休憩室に入る。タクシーが来たときに気づけるよう、窓際の椅子に座った。私はほうじ茶のペットボトルを、誠太はコーヒーの缶を両手で包む。節電のためか、休憩室は照明が消えていて薄暗く、暖房の効きも弱かった。ほかに人がいないから、余計に寒々しく感じる。冷えるね、と言いながら、ほうじ茶で身体を温めた。

窓の向こうに広がる稜線（りょうせん）を、見るともなしに目でなぞる。このあたりの紅葉は、一、二週間前が見ごろだったらしい。でも、山に被（かぶ）さる木々の葉は、まだ充分に赤っぽい。原色に黒を混ぜたようなくすみは、火の玉が落ちる寸前の線香花火を私に連想させる。侘（わび）しくて、きれいだ。

「志織」

「ん？」

振り向くと、誠太がまっすぐに私を見つめていた。

「どうしたの？」

「ひとつ、お願いがあるんだけど」

「うん」

「タクシーに乗ったら、駅に行く前に、おじいちゃんとおばあちゃんの家に寄ってもいいかな」

「なんだ、そんなこと。もちろん構わないよ」

墓参りを兼ねて群馬に旅行しようと提案したのは私だ。巡る場所も宿泊先も、すべて私が決めた。というより、誠太は私の質問にイエスで答える以外に意思表示をしなかった。ようやく彼が自分の希望を口にしてくれたことが嬉しくて、つい声が大きくなった。

「今、その家はどうなってるの？　取り壊すとか、誰かがリフォームして使うとか、いろいろ案が出てたみたいだけど」

「店だった空間は、従兄弟（いとこ）の大助（だいすけ）くんがアトリエに使ってるらしいよ」

「ああ、大助さんが」

大助さんには、義祖母の十三回忌と隼太（しゅんた）くんの結婚式で、二度ほど会ったことがある。会社員として働きながら絵を描いているそうで、私たちの結婚祝いには作品をプレゼントしてくれた。縦三十センチ、横四十センチくらいの油絵の抽象画だ。衝動のままにキャンバスを絵の具で塗り潰したような作品で、なにを表したものかさっぱり分からないけれど、緑を基調とした色合いが美しく、マンションの寝室に飾っていた。

「でも、手土産もなにも持ってきてない。失礼だよね。どうしよう」

「大助くんと会うつもりはないから、大丈夫。外から家を見るだけだよ」

「挨拶しないの？」

「うん。大助くんがおじいちゃんの家にいるとも限らないし」

そう言われると、大助さん自身も結婚していて、子どもがいたような記憶があった。自分の家で家族と過ごす時間のほうが、当然長いだろう。

「誠太がそう言うなら……」

頷くと同時に、減速したタクシーが駐車場に入ってくるのが見えた。私がペットボトルの蓋を閉める傍らで、誠太もコーヒーを飲み干し、缶をゴミ箱に捨てる。二人で後部座席に乗り、行き先を告げると、タクシーは滑らかに走り出した。

私がまた山を眺めているうちに、タクシーは目的地に着いた。古びたシャッターの前で誠太と降車する。私がここを訪れるのは初めてだ。義祖父母はかつて電気屋を営んでいたらしく、シャッターの上には看板の跡が残っていた。車庫を挟み、向かって左側には畑が広がっていて、誠太はその端を通って建物の裏手に回った。雑草だらけの庭と、竿の通っていない物干し台が柵の隙間から見える。生活の匂いはしなかった。

「大助くんはいないみたいだね」

誠太が背伸びをして言った。近所の人に怪しまれないかと不安になるけれど、見渡す限り、人っ子一人いない。タクシーに乗っている最中も、通行人をほとんど見かけなかった。私は都心部にしか暮らしたことがない。父親も母親も東京出身で、いわゆる田舎と縁がない。山が近いことも、家と家の距離が大きいことも、街に人影がないことも、群馬を訪れるたびに新鮮に感じた。

「あそこ」

誠太が指を向けた先には、腐って今にも崩れそうな縁側があった。

「僕、あそこから落ちたことがあるんだよね。縁側の板をレールに見立てて電車の玩具で遊んでいて、夢中になるあまり、どすんって」

「えっ、怪我とかしなかった？」

「落ち方がよかったみたいで、擦り傷ができたくらいで済んだらしいよ」

「誠太は何歳のときにこの家に預けられたんだっけ？」

「四歳から五歳までの、一年弱。小さかったけど、わりといろんなことを覚えてる。特に縁側から落ちたことは、僕のせいで母さんとおばあちゃんが口論みたいになったのがショックで、それで記憶に残ってるのかも」

「ああ、罪悪感って強いよね。全然消えてくれない。私も子どものときにグラスを落として割っちゃって、それを一歳だった美遥のせいにしたこと、いまだに覚えてるよ」

「それは、あとから美遥ちゃんに白状した？」

「ううん、言ってない」

「言ってないんだ」

誠太は息を吐いて笑い、ポケットからスマホを取り出した。そのままカメラのレンズを縁側に向ける。耳に飛び込んできた小気味いい効果音に、私は声を上げそうになった。写真を撮る彼を目にするのは久しぶりだ。誠太はカメラの設定やアングルを変えながら、五、六回、シャッターを切った。私も写ろうか？　と提案するか迷ったけれど、今は被写体になることを求められていないような気がして、結局言わなかった。

「よし、駅に戻ろうか」

「もういいの？」

「うん。満足した」

誠太にもう一度タクシーを呼ぶかと尋ねると、徒歩で駅に行くほうが、タクシーが迎えに来るよりも早いかもしれない、と返ってきた。駅までは、歩いて三十分程度で着くらしい。運動のためにもタクシーは呼ばないことにして、地図アプリを頼りに街を進んだ。足を動かすにつれて、体温が上昇するのを感じる。店がぽつぽつと建ち並ぶ、比較的活気づいている大通りに出たときには、寒さは気にならなくなっていた。

商人屋敷のような駅舎が遠くに見えてきたところで、

「実家には本当に顔を出さなくていいの？」

と誠太に確かめた。旅行を提案した最初の段階でも、私はまったく同じことを尋ねている。今日はこのあとバスに揺られて、温泉地の伊香保(いかほ)へ向かう予定だ。宿もそこで予約を取っている。でも、バスではなく電車に乗れば、誠太の実家にも一時間強で行けるはずだった。

「うん、いい」

「そう？」

誠太は滅多に帰省しない。親とは連絡自体をあまり取り合っていないみたいだ。これは、誠太が男だからなのだろうか。もしかしたら、三年前に隼太くんが結婚して、実家が二世帯住宅に建て替えられたことにも理由があるのかもしれない。誠太に弟がいることを、私は恋人になってからもしばらく知らなかった。兄と弟で仲違いしている印象はないけれど、陽気で人懐っこい隼太くんと誠太では、まあ、気が合わないだろうな、とは思う。

「今回は旅行で来たんだから、実家に帰るのはまた今度にするよ」

「今度って、いつ？」

「志織は僕の実家に行きたいの？」

そういうわけではないけど、と言いかけ、口をつぐんだ。夫の両親から干渉されないのは楽だ。孫を急かされたことがない現状も、恵まれている。不快な思いをしたことがないからこそ、私には義父母に嫌われたくない気持ちがあった。親族になった者として、最低限の付き合いは果たしたい。群馬に来て墓参りをして、それでいて二人に会わないのは、さすがに気が引けた。

「せっかく近くまで来たんだからっていう感じかな」

「近くっていうほど近くはないよ」

誠太はなぜか眉を下げて困ったように笑うと、温泉、楽しみだな、と言って、駅に向かう歩調を速めた。

伊香保温泉には湯が二種類あると言われている。ひとつは、白銀の湯。三十年ほど前に湧出が確認された、比較的新しい温泉で、メタ珪酸を含み、無色透明。主に疲労回復の効果がある。もうひとつが、昔からこの地に湧いている黄金の湯だ。硫酸塩泉で、鉄分を多く含有しているために、湯は空気に触れると茶褐色に変わる。

パンフレットで読んだことを思い出しながら、手のひらで湯をすくった。口コミを見て人気の旅館を選んだからか、紅葉のピークを外れているにもかかわらず、館内はにぎわっていた。大浴場も盛況だ。幼児から年配の人まで、太いも細いもぴちぴちもしわくちゃも、のんびりと湯に浸かっている。浴槽で誰かが身体を動かすたび、赤茶けた靄が水中で揺らめいた。タイルの目地にもその色は染みついていて、湯気には錆っぽい匂いが溶けていた。

この黄金の湯は、子宝の湯とも呼ばれている。

先日、朱羽子さんに墓参りを勧められた。先祖に思いを馳せることは、エネルギーを縦軸に動かすこと。そう言われて、辻原家の墓に義祖母の十三回忌以来足を運んでいないことを思い出した。私が義祖父母の暮らしていた街の名前を挙げると、朱羽子さんは、伊香保が近いじゃないですか、ついでに温泉に寄りましょうよ、と珍しく興奮したように言い立てた。伊香保温泉が子宝の湯として知られていることを、私は朱羽子さんから教わったのだった。

温泉に入る前には旅館の周辺を散策し、同じく朱羽子さんに薦められた伊香保神社にも参拝した。子宝の御利益があることで有名だそうだ。三百六十五段の石段の先にあるその神社で、私たちはコウノトリの絵馬に〈どうか赤ちゃんが来てくれますように〉と書いた。子授け守りも買った。神社にいる間中、誠太は神妙な面持ちを浮かべていた。大学時代に一人で地方の神社に行ったこともあるくらいだから、神社仏閣に関心があるのだろう。初詣でもしっかり手を合わせる人だったな、と彼の横顔を見ながら思った。

のぼせる前に湯から上がり、浴衣と羽織を着て客室に戻った。誠太はすでに座椅子でくつろいでいた。部屋のテレビはクイズ番組を映している。誠太が、C、と呟いた直後に、正解を表す効果音が流れた。

「お風呂で懐かしいことを思い出しちゃった」

私は座卓の角を挟んだ彼の斜め横に腰を下ろした。

「懐かしいこと？」

「誠太が大学四年生のときに、一人で出雲大社に行った話」

「……どうしたの、突然」

「ううん。あれが二人で仕事以外のことを話した、最初のきっかけだったなあと思って」

目の前にあった木鉢から、饅頭をふたつ手に取る。食べる？　と差し出すと、誠太は首を横に振った。私はひとつを鉢に戻して、もうひとつの封を解いた。

「あ、美味しい。これ、一階で買えるかな。朱羽子さんのお土産にちょうどいいかも。和菓子が好きなんだって、朱羽子さん」

包装の皺を伸ばして商品名を確かめようとしたとき、

「失礼いたします、ご夕食をお持ちしました」

と廊下から声をかけられた。お願いします、と誠太が応じると、着物にたすきがけをした仲居が二人、連れ立って入ってきた。お風呂はいかがでしたか？　と私たちに尋ねつつ、二人は慣れた手つきで座卓の上を整えていく。料理はどれも伝統工芸品のようにしつらえられていた。

「いただきます」

「いただきます」

瓶ビールを届けて仲居が部屋を出ると、食前酒の杯で誠太と乾杯した。中身は地元の酒造メーカーが造った梅酒らしい。温泉の効果か、身体はまだほわほわと熱を帯びていて、爽やかな香りと酸味に嗅覚と味覚をこじ開けられたような心地がした。

「あー、美味しい」

「志織は――」

声と声がぶつかった。誠太の発言を全部は聞き取れなかったけれど、質問されたことは理解できた。なに？　と訊き返した私に、誠太は、

「志織は、どこまで信じてるの？」

と改めて問いを口にした。

「なんのこと？」

「朱羽子さんのこと」

「ああ……」

夕食が用意される前の話題が続いているとは思わなかった。私は箸を構えて、前菜の器から茄子の煮浸しを口に運んだ。秋茄子は嫁に食わすな、ということわざがある。あれには、美味しいものを食べさせたくないという嫁いびりの心だけでなく、種が少ない秋茄子を食べさせることで子孫に恵まれなくなってはいけないと、嫁を気遣う意

味も含まれているそうだ。いつかなにかで得た知識が、唐突によみがえった。

「そう訊かれると、なんて言ったらいいのか分からないけど……」

朱羽子さんのことは、最初からすべて報告している。この一ヶ月は一週間に一度のペースでヒーリングセラピーを受けているけれど、反対されたことはない。急にどうしたのだろう。私は瓶ビールをグラスに手酌した。生理は九日前に来ていて、現在、妊娠している可能性はゼロ。旅館でお酒を飲むことを楽しみにしていた。

「エネルギーは目に見えないから、ヒーリングセラピーによって本当に循環されてるかは分からないよ。そのあたりはちゃんと認識してる。朱羽子さんの力が本物かどうか、私には判断できない。でも、通い始めてから、気持ちが軽くなったの。不妊の原因にはストレスもあるって聞いたことがあるから、そういう意味では効果があるかもしれないと思ってる。クリニックの治療を受けていても、ストレスは増える一方でしょう？」

私がクリニックに行かなくなり、一ヶ月が経っていた。排卵誘発剤を用いたタイミング法でもやっぱり妊娠は叶わなくて、通う必要性を見失っていた。原因不明としか言わない医師に、一体なにができるだろう。その点、朱羽子さんのアドバイスは具体的だ。取り入れると、人生が前進しているような実感を得られる。気持ちが楽になったことで、街で子どもを見かけても焦らなくなった。衿子から届くメッセージも穏やかな気分で読める。そういう小さなことが、本当に嬉しかった。

「志織にとって治療がストレスだったことは、僕も理解しているつもりだよ」

「うん。誠太が分かってることを、私は分かってる。朱羽子さんを全面的に信じているわけじゃないから、そこは安心してほしい」

「でも、そう思っていたはずなのに、気づいたら引き返せないところまで来ていたってこともあるから――」

「待って待って。誠太は洗脳みたいなことを心配してるの？」

「違うよ」

誠太は即答して、かぶりを振った。

「なんていうか、僕は志織を支えきれなかったんだなと思うと、申し訳なくて……」

「なに言ってるの。誠太にはいつも感謝してるよ」

掛け値なしの本音なのに、慌てたからか、口先で気を遣っているような声音になった。束の間、誠太が黙ったことで、テレビの音量が大きくなったように感じる。誰かがクイズに外れたらしく、ブブーッと濁点まみれの音が響いた。なんでですかーっ、と悲鳴が上がり、薄い画面の中でスタジオが沸いた。私はビールを半分ほど飲んだ。

「僕ももらっていいかな？」

誠太が未使用のグラスを手に取った。

「注いであげる」

「ありがとう。よく冷えてるね」

誠太は中を確かめるようにグラスを注視した。誠太はお酒に強くない。三百五十ミリリットル缶のビールを一本飲んだだけで、赤くなって寝てしまう。なのに、なぜか覚悟を決めたように息を吐くと、グラスを一気に空にした。

「ふう」

「ちょっと誠太、大丈夫？」

「これくらい平気だよ。もう一杯もらおうかな」

骨張った手が瓶に伸びてくる。私はそれを軽く制して、彼におかわりを注いだ。ついでに自分のグラスにもビールを足す。手もとが狂ってこぼれそうになった泡を、グラスの縁に口をつけてずずっと吸った。

「志織は、僕以外の人と結婚していたら、自分にも子どもがいたかもしれないって考えたことはある？」

「えっ」

とっさに健太朗の姿が脳裏をかすめた。衿子から健太朗が父親になったと聞かされたときに浮かべたイメージは、未練から生じたものでは決してない。ひとつの可能性を想像しただけだ。そう確信しているのに、誠太の前で健太朗を思い出したことで、微妙な後ろめたさを覚えた。

「……そうだよね。あるよね」

誠太は目を伏せて、柔らかく口角を上げた。

「当然だと思う」

「ってことは、誠太は、私以外の人と結婚してたらなって思うことがあるの？」

「僕はないよ。僕は志織と結婚してなかったら、死ぬまで独身だった。仮定を夢想する相手がそもそもいないよ」

どことなく含みを感じる言い方だった。もしかして、誠太は健太朗に子どもが生まれたことを知っているのだろうか。でも、誠太はFacebookに登録していなかったはずだ。健太朗と繋がっている元バイト仲間と連絡を取り合っているようにも思えなかった。

「それはずるいよ。仮定の話ならなんとでも言える。私は、誠太が私じゃない人と結婚してお父さんになってた未来も考えられると思う」

「ないよ」

「ある」

「ないって」

「あるよ」

「そりゃあ、ないって言ってくれるのは嬉しいけど……」

誠太は引かなかった。いつになく頑なだ。こんなことは初めてかもしれない。単純に可能性として、私以外の人と結ばれる未来もあったのだと理解してほしかったけれど、こんなことで気まずくなるのは嫌だった。私は意見を主張するのを諦め、刺身も美味しそうだね、とマグロの切り身に箸を伸ばした。でも、醬油を多めにつけても味がしない。メインの鴨鍋を温めている固形燃料が、息絶えるように火の勢いを弱めていく。テレビがCMに切り替わり、ファミリーカーの宣伝が始まった。男の子が、パパーっ、と無邪気に叫ぶ光景に、家族で観ていた映画にラブシーンが流れたときの気持ちを思い出した。

「志織に子どもができないのは、僕のせいだよ」

ファミリーカーのCMが終わると、誠太は吐息混じりにこぼした。

「僕のせいなんだ」

「なに言ってるの。私たちの不妊は原因不明なんだよ。誠太が受けた検査でも、異状は見つからなかったじゃない」

「でも、僕が悪いんだよ」

「意味が分からない」

「本当にごめん」

「どうしたの？　今日の誠太、ちょっと変だよ」

私は小さく息を吸って、笑顔を作った。

「誠太はサプリだって飲んでるし、いろいろ頑張ってくれてる。私、誠太が悪いって思ったこと、一度だってない」

「志織のためならなんでもやるって決めてたんだ。なのに、結局は僕が志織の人生を邪魔してる」

「ねえ、もしかして、妊活がプレッシャーになってた？　だったら、私のほうこそごめん。自分のことばかりで、誠太に配慮が足りなかったよね」

私の愚痴も弱音も頼みごとも、誠太は受け止めてくれる。だから、つい甘えてしまった。冷静に考えれば、生理が来たことを勤務時間にメッセージで知らせて慰めを求めたり、急に墓参りに行きたいと言い出したりする妻など、嫌気が差して当然だ。

「これからは気をつける。誠太の気持ちを置いてけぼりにはしない。だから、そんなふうに自分を責めないで。ね？」

私は左手で誠太の右袖(そで)を握った。誠太がそこに自分の左手を重ねる。互いの結婚指輪が当たった。プラチナのシンプルなデザインで、私も誠太も常に身に着けている。すっかり自分の一部と化していて、普段は嵌めていることを忘れていた。

「志織が僕に謝ることは、この世の中にひとつもないよ」

前にも聞いたことのある台詞だった。

「そんなの、誠太にもないよ」

「ありがとう」

誠太は微笑むと、

「急に変な話をしてごめん。ご飯、食べよう。鍋も煮えたみたいだよ」

と手を離した。私は消化不良の思いを抱きながらも、そうだね、と応じた。せっかく久しぶりに旅行に来たのだ。楽しかったよね、と、いつか思い出を語り合えるような二日間にしたい。私の思いが伝わったのか、それからの誠太は明るかった。私たちはテレビにつっこみを入れては笑い、ビールを飲んだ。ビール瓶は三本が空になった。

デザートの巨峰のシャーベットを食べ終わるころには、誠太の目は半分も開いていなかった。両肘を突いて頭を支えるような姿勢で、首が不安定に揺れている。うなじまで赤く染まっていた。私は吹き出しそうになるのを堪えて、あとは任せて休んでいいよ、と声をかけた。

「本当？　助かる」

立ち上がった誠太はふらつきながらトイレに入り、そのまま布団が敷かれた隣の和室に吸い込まれていった。彼が歯を磨いていないのに気づいたのは、仲居が座卓の上を片づけてくれたあとのこと。私は誠太の身の回りの世話を焼いたことがほとんどない。誠太は靴下を脱ぎっぱなしで放置したり、衣替えを妻任せにしたりしない。次に目を覚ましたタイミングで歯磨きを促そうか悩むのは、新鮮な体験だった。

「ふうっ」

一人だ、と思いながら手足を伸ばす。もう一度大浴場に行こうか迷い、けれども座椅子に深く座り直した。頭を巡るのは、やっぱり誠太の発言だった。彼が不妊は自分のせいだと言い切ったこと。時折、苦しみに堪えかねたように謝ること。誠太の考えていることが、ときどきまったく汲み取れない。私に隠しごとでもあるのだろうか。ただ、浮気をしているようには思えない。彼の愛情は、私が心から信じていることのうちのひとつだった。

座卓に置いていたスマホを手に取り、Instagramのアイコンをタップする。ITASEのアカウントを覗くたび、私にはこういう顔があったんだな、と思う。花火を振り回して、大口を開けて笑っている私、髪に寝癖をつけたまま、誠太の作ったオムレツを夢中で頬張っている私、公園で照れくさそうに一人でシーソーに跨がっている私――。

温泉街を散策していたときのことを思い出した。伊香保神社に参拝したあと、私たちは紅葉の名所である河鹿橋に立ち寄った。ぎりぎりライトアップの期間内だったのだ。朱色の欄干が濡れたように光る橋は、昔話から飛び出したような風格で、観光客が途切れた隙を見計らい、私は誠太に写真を撮ってもらった。このために一眼レフカメラを持ってきてほしいと頼んでいた。けれども誠太の手つきに、レンズを何種類も付け替え、構図や光の加減にこだわっていた、かつての意気込みは感じられなかった。レンズの向こうから放たれる視線はぬるく、指示も最小限だった。

誠太はもう、愛妻家フォトグラファーでいることをやめたのだろうか。

その瞬間、私を襲った感覚は、閃き（ひらめ）よりも魔が差したに近かった。私はおもむろに立ち上がり、誠太の鞄から彼のスマホを取り出した。すり足で隣室に向かい、身体が通るぎりぎりの幅に襖（ふすま）を開く。薄闇の中、誠太は口を半開きにして眠っていた。私は布団に近づき、彼の人差し指をスマホに触れさせた。画面がぱっと明るくなる。指紋認証、成功。スマホを自分の胸に押し当て、光を封じ込めつつ、もとの部屋に引き上げた。

誠太のスマホでInstagramを起動する。紙飛行機のアイコンをタップして、ダイレクトメッセージのページに飛んだ。画面がＩＴＡＳＥ宛てのメッセージで埋め尽くされる。未読のものも多く、この数ヶ月間、誠太は開いてすらいなかったらしい。一覧ページでは最初の十数字しか読めないけれど、メッセージの大半はＩＴＡＳＥを案ずる内容だった。一通だけ、仕事の依頼も届いていた。

画面を下に送る。予想していたメッセージは、間もなく見つかった。時期を計算すると、誠太が撮った写真やインタビューがウェブ媒体に掲載された直後に届いたようだ。既読のものに、私は片っ端から目を通していった。

〈仕事目当てで奥さんの顔を全世界に晒してるの？　旦那の強欲に利用されて、奥さんかわいそ〉

〈あなたは自慢しているつもりかもしれませんが、夫婦のセックスを見せつけられているようで不快です〉

〈写真下手すぎ。基礎から学び直したほうがいいよ。あと、奥さんブスですね〉

まぎれもない誹謗中傷だった。これは私に知られたくなかったはずだと納得する。コメント欄にもごくまれに寄せられることがあり、三年くらい前までは、誠太もわりと気にしていた。でも、最近は見かけることもめっきり減って、ＩＴＡＳＥにも平和が訪れたらしいと私は安易に喜んでいた。まさかダイレクトメッセージのほうに届いていたとは、思いもよらなかった。

これが、誠太がInstagramから離れた理由――。

写真やフォロワーに対する彼の真摯な姿勢を知っているからこそ、怒りに目頭が痛くなる。不快に思うなら、見なければいい。どうしてわざわざ本人に、嫌な気持ちになったことを知らせようとするのだろう。真実を見抜いたような気になって、勝手に私を哀れむな。被害者意識を膨らませて、誠太に悪意をぶつけるな。私と誠太の価値観を、一方的に推し量るな。

誠太を、傷つけるな。

脳が煮えているような苛立ちを覚えながらも、メッセージを探る手を止められない。誹謗中傷を削除していないところが、生真面目な誠太らしかった。内訳としては肯定的な感想のほうが多いのに、それでも悔しくて涙が出そうになる。この半年ぶんをあらかた確認すると、その中に一通だけ、誠太が返信しているメッセージを発見した。

〈自分の人生に奥さんを利用しているんですね。こんなのは本当の愛じゃないです〉

〈そうかもしれません〉

誠太の文面は短い。彼がなぜこのメッセージに応えようと思ったのか分からないまま、私は幾度も読み返す。

スパイ映画のサントラを停止して、イヤホンを外した。伸びをして椅子から立ち上がり、リビングダイニングに向かう。廊下の冷えた空気が快く、仕事部屋のエアコンが強いことに気づいた。期限に余裕のない依頼が月曜午前の締め切りだと、クライアントから、自分たちは土日に休むけど、おまえはちゃんと働けよ、と命じられたような気持ちになる。必然的に、この週末は仕事部屋に閉じこもっていた。

「あー、お腹空いたー。誠太はお昼なに食べたの？」

一息入れようとリビングダイニングを覗いた。けれども、誠太の姿は見当たらない。ソファの周りはきれいに片づいていて、そういえば掃除機の音がしていたな、と納得する。レースカーテンの隙間から見えるベランダでは、洗濯物が風に吹かれていた。

「誠太？」

寝室を覗く。いない。トイレをノックして、洗面所や風呂場にも顔を出したけれど、やっぱり誠太の姿はなかった。リビングダイニングに戻り、額を掻く。どこに行ったのだろう。買いものだろうか。そこまで考えてようやく、出かけるね、とドア越しに話しかけられたことを思い出した。

でも、おかしい。

壁の時計を見遣る。今は、午後の三時十七分。声をかけられた時間をはっきりとは記憶していないけれど、誠太が家を出てから、少なくとも二時間は経っている。あのときは、昼食の買い出しかな、くらいにしか思わなかった。でも、スーパーやコンビニに行く前には、ついでにいるものはある？　と私に確認するのが普段の誠太だ。その一言がなかったことにも、いってきます、ではなく、出かけるね、と言われたことにも違和感を覚えた。

〈ちょっと休憩ー。今、どこにいるの？〉

ＬＩＮＥにメッセージを送る。三十秒ほど画面を見つめていたけれど、既読にならなかった。電話をかけても応答はなく、そのうち反応があるだろうと、私は胃に食べものを入れることにした。キッチンに足を向けたとき、ダイニングテーブルの上になにかがあることに気づいた。オムレツだ。誠太特製のオムレツが皿に載り、ラップをかけられている。その脇には、〈お腹が空いたら食べてください〉と書かれたメモもあった。

「わあっ」

私は皿を手に取り、さっそく電子レンジに運ぼうとした。と同時に、白い封筒がフローリングに落ちる。皿の底に貼りついていたものが、私が動かした拍子に剝がれたらしい。私はオムレツをダイニングテーブルに戻して、封筒を拾った。〈志織へ〉という宛名を目にした途端、ばくんと心臓が跳ねた。

糊づけされていなかった封筒は、簡単に開いた。最初に取り出した紙が離婚届で、呼吸が浅くなる。夫の欄は誠太の筆跡ですでに埋まっていた。なんで？　どうして？あまりにも唐突だった。二人で群馬を旅行したのは、たった二週間前だ。震える手でもう一枚を引っ張り出す。こっちは便箋だった。吐き気を堪えて、文章にすばやく目を走らせた。

「はあ？」

素っ頓狂な声が出る。何度目を通しても内容が頭に入ってこない。特に、私たちが大学四年生のときに開かれたトヨ丸の送別会に関する記述は、まったく理解できなかった。

〈あの日、僕は志織の飲みものに惚れ薬を盛りました――〉

「惚れ薬って……」

声に失笑がにじむ。なにを言い出すのだろう。まず、そんなものが本当に存在しているのか。誠太はどうしてしまったのだろう。分からない。心の底から訳が分からなかった。

〈――自分は志織にひどいことをした、裏切り者だという気持ちはずっとありました。罪悪感のぶん、志織を幸せにすればいい。そんなふうに考えていました。でも、子どもができなくて苦しむ志織を見ているうちに、このままではいけないことに気づきました。志織の貴重な時間をこれ以上無駄にしたくありません。僕のことは忘れて、ほかの人と素敵な家庭を築いてください。志織は絶対にいい母親になれます。今までありがとう。誠太〉

2

棺（ひつぎ）みたいだな、と思う。

畳一畳にも満たないスペースに横たわり、僕は天井を、正確には二階席の床の裏を見つめている。読書灯を消した空間は薄暗く、淡いベージュだったはずの化粧板も、今は色味を失っている。腕を垂直に挙げても、指は天井に届かない。六年前に亡くなった父方の祖母の葬儀を思い出すと、ここは棺桶（かんおけ）よりもだいぶ広いだろう。幅はともかく高さがある。でも、異世界に通じているかのような雰囲気がよく似ている。僕も胸の上で手を組もうか。あの、しなびた大根みたいになっていた祖母のように。

車体の振動は、想像していたよりも大きかった。しばらく粘ったけれど眠れなくて、腰を捻（ひね）るように上半身を起こした。寝台特別急行列車、サンライズ出雲のノビノビ座席は、車両に二段ベッドを敷き詰めたような造りになっている。ベッド同士は繋（つな）がっていて、仕切りと呼べるのは、足もとのカーテンと、寝転んだときに胸から上が隠れる程度に設けられた壁くらいだ。そこからひょいと顔を出せば、人の脚が車両の突き当たりまで並んでいるさまを見通せる。十席ほど向こうの乗客はまだ起きているのか、橙色(だいだいいろ)の明かりが漏れていた。

窓に手を伸ばし、スクリーンカーテンを半分ほど開けた。暗い。遠くに見える街の灯は、水にくぐらせたかのように輪郭が滲(にじ)んでいる。厚みのあるガラスには自分の顔が映り込んでいた。列車は今、どこを走っているのだろう。浜松(はままつ)駅を出たところまでは覚えている。枕代わりにしていたリュックから、携帯電話を取り出した。現在の時刻は午前三時四分。ということは、滋賀あたりだろうか。関西に入ったことで、目的地に近づいていることを急に実感した。

睡眠を摂(と)ることは諦(あきら)めて、ブックマーク一覧からmixiを選ぶ。予想はしていたけれど、〈Ｓｈｉｏｒｉ〉の日記に新たな投稿はなかった。なにせ、二日前にアップされたばかりだ。Ｓｈｉｏｒｉの更新頻度は、多いときでも週に二回ほど。仕方なくメール画面を開き、過去ログを読み返した。

〈友だちに誕プレのアロマキャンドルを渡した！　ピンクで桃の匂い。かわいい。喜んでもらえてよかった！〉

〈レポートで久しぶりの徹夜。眠いよおお。眠気覚ましにこれを書いています。やり取りしてた友だちのメールが急に途絶えたんだけど……。さては寝落ちしたな。電話かけても全然出ない。どうしよう〉

〈日本酒の名前を覚えるのが相変わらず苦手で、今日もお客さんに間違えて出しちゃった。でもそのお客さん、笑って受け取ってくれたの。人の優しさに触れました。バイト仲間にはありえないって笑われたけどね〉
高野さんの日常は、ひどくにぎやかで眩(まぶ)しい。この一ヶ月で高校時代の友だちとスイーツビュッフェに行き、大学の友人と飲み会を開いて、バイト仲間とボウリング場で遊んでいる。家族仲も良好で、特に高校生の妹とは親密だ。二ヶ月前の父の日には、二人でお金を出し合って、父親に革の名刺入れをプレゼントしたらしい。

でも僕は、光を消しているときの高野さんを知っている。

読書灯のスイッチを入れて、リュックから文庫本を取り出した。栞(しおり)はまだ前半に刺さっている。といっても、収録されている二編を合わせても二百五十ページに満たない薄い本だから、この旅のあいだに読み終わるはずだ。僕がページを開くと、主人公である女子大生の話が始まった。彼女は自分のボーイフレンド相手に、宗教について書かれた本のことを語っている。けれども、彼は神秘的な事象に興味がない。

高野さんの読む本は、アメリカを舞台にした小説が多い。彼女が六年間、アメリカに暮らしていたことと関係あるのかもしれない。僕は小説を自主的には手に取らないけれど、高野さんの鞄(かばん)からタイトルを読み取れた本に関しては、必ず最後まで読むと決めていた。

主人公の女子大生の語りは、徐々に熱を帯びていく。目で文字を追っているだけなのに、眼前で繰り広げられているように感じる。神さまの名前を絶えず唱えていれば、やがてその姿が見えるようになるはずだとボーイフレンドに訴える主人公の目は、きっと海を初めて見た子どもみたいに澄んでいる。

ひとつ息を吐き、僕はページをめくった。

出雲市駅でバスに乗り換えて、出雲大社には午前十一時前に到着した。暑い。真上から白刃を突き立ててくるような日差しに、汗が噴き出す。正門の鳥居と石碑の周りは、カメラや携帯電話を構えた観光客で混雑していて、僕も写真を撮りたかったけれど、先を急ぐことにした。一礼して、大きな鳥居をくぐる。両脇に植えられた木々が影を落としていて、参道は涼しかった。

まず向かったのは祓社だ。身についた穢れを清めてくれる神さまが祀られているという。五人の参拝客が順番を待っていたけれど、ここには立ち寄ったほうがいいだろう。いそいそと列に加わった。こびとの住まいのような社に、二礼四拍手一礼でお参りする。松並木を抜けて、次は手水舎へ。柄杓で手と口をすすぐと、薄荷キャンディーを食べたあとのような息が漏れた。皮膚が軽く引き攣るほど、水はきんと冷えていた。

出雲大社の拝殿は、銅鳥居の先にある。青々とした八雲山を背景に、有名なしめ縄が黄金色に光って見えた。すこんと開けた空間だ。参拝客の数に反して境内は静かで、葉のさざめきが聞こえる。人々が砂利を踏み締める音も、粒立って感じられた。

しめ縄の下に立ち、賽銭(さいせん)を入れる。存外にもの寂しい音が鳴った。礼は九十度に腰を曲げたものを二回、それから片手を少しずらして四回手を打ち、頭(こうべ)を垂れて目を閉じる。参拝の手順はネットで勉強してきた。

どうか、高野志織さんとの距離が縮まりますように。

雑音が少しずつ遠ざかり、足の裏から地面の感覚が消えていく。祈りに信心は必要ない、とにかく言葉を唱え続けることが大事なのだと、数時間前まで読んでいた本の主人公はボーイフレンドに話していた。結局、あの短編は、列車が姫路(ひめじ)駅に到着するより早く読み終わった。今は、女子大生の兄が主人公の話を読んでいる。

最後にもう一度拝殿に頭を下げて、直立の体勢に戻った。目を開ける。真夏の陽光が、僕の視界を真っ白に染め抜く。

「お兄ちゃん、なんや随分熱心に祈ってはったなあ」

隣に派手な格好をしたおばさん二人組が立っていた。僕と目が合うと、ぴったりした豹柄(ひょうがら)のパンツを穿(は)いたほうのおばさんは、笑顔をさらに人懐っこいものにした。

「お兄ちゃんのお願いな、おばちゃん、叶(かな)うと思うわ。あんなに真剣にお参りする若い人を、神さまは放っておかへん」

だといいんですけど、と僕は応(こた)えた。


居酒屋トヨ丸でバイトを始めたのは、僕のほうが早かった。僕は高校を卒業した三年前の三月に群馬から上京して、すぐに面接を申し込んだ。店が一人暮らしのアパートから近かったこと、ホール係だけでなく、キッチン係を募集していたことに魅力を感じた。一方の高野さんがトヨ丸で働き始めたのは、二年生の七月。最初は夏休み限定で働くつもりだったらしい。

初めて会ったときには僕も、明るい人だな、と思った。大盛りポテト、ワンですっ、とキッチンに向かって叫ぶ声も、カウンターに並んだ伝票と睨(にら)めっこする眼差(まなざ)しも、高野さんから放たれるすべては輝きを含んでいる。百人中九十九人が好感を抱くだろう人物だ。事実、彼女はすぐにほかの従業員と打ち解けた。周りから下の名前で呼ばれるようになるまで、時間はかからなかった。

キキキ、と金属が擦れるような音がして、身体がわずかに傾いた。列車がカーブに差し掛かったようだ。それに合わせて、顔の前にぶら下げていたお守りにも角度が生まれる。参拝後、出雲大社には二時間ほど滞在して、あちこち写真を撮って回った。写真は僕の唯一の趣味だ。三ヶ月前に貯金を費やして買ったデジタル一眼レフカメラを存分に試すことも、今回の旅の目的だった。神門通りをぶらつき、上りのサンライズ出雲に乗ったのが、午後七時前。新見駅を過ぎた車内は、まだ半分しか埋まっていない。これから乗る人が多いのだろう。

夏休み中のサンライズ出雲は、予約可能となる乗車日の一ヶ月前に申し込まないと切符が買えない、人気の寝台列車だ。開業時間に合わせてみどりの窓口に並ばなければ、たぶん僕も予約できなかった。失敗したら大人しく帰省しようと思っていただけに、それではこちらで席をお取りします、と駅員から言われたときには嬉しかった。

お守りは、まだ小さく揺れている。真っ赤な布に縫い込まれた〈えんむすび〉の五文字。自分が神さまを本気で信じているかどうかは、よく分からない。高野さんの内定先を噂で知った瞬間、僕は出雲大社に行くことを決めていた。来年四月に僕たちは社会人になる。僕はソフトウェア開発会社のプログラマに、高野さんは、システムインテグレーターのシステムエンジニアに。二人の内定先は、電車で一時間以上も離れていた。

僕と高野さんが業務以外で言葉を交わすことは、いまだにほとんどない。mixiも、巨大掲示板のスレッドにフリーメールのアドレスを貼りつけて、見ず知らずの人に招いてもらったのだ。mixiは人から招待されないと始めることができない。高野さんがそこで日記を書いていると小耳に挟んだときから、僕はどうしても会員になりたかった。

〈マコ〉というユーザー名で登録したあとは、高野さんが参加していそうなコミュニティのメンバーを一人ずつチェックして、アカウントを特定した。高野さんがマコの正体に気づかず、僕のマイミク申請を認めたことで、彼女の日記を堂々と読めるようになった。それでも、更新のない日にまで足あとが残っていたら、不気味に思われるだろう。僕がメールの未送信フォルダにコピー&ペーストで高野さんの日記を保存しているのは、そんな理由からだ。ページにアクセスすることなく、彼女の過去の投稿を何度も読み返したかった。

僕と高野さんは、いろんなところがまったく違う。

親しい友だちがいない僕と、交友関係の広い彼女。就活に失敗して、服を必要最低限しか持っていない僕と、美容院にこまめに通っている彼女。人手不足の業界に拾われるようにプログラマになる僕と、将来、ITを専門とする翻訳家になるため、明確な意志をもって就職する彼女。隼太が帰省する日程に被せてサンライズ出雲の切符を取った僕と、月に一度、家族揃って映画を観に行く日がある彼女――。

高野さんと付き合いたいとは思っていない。だいたい、高野さんには恋人がいる。でも、トヨ丸を辞めると同時に彼女と縁が切れることだけは避けたかった。僕はいつまでも彼女を見ていたい。彼女のことを知り続けたい。出雲大社の拝殿に祀られている大国主大神には、人と幸福を結ぶ力があるという。恋愛関係に限定した縁結びでないのなら、僕の願いも叶うかもしれない。

　今日の参拝とお守りが、少しでも効きますように。僕は祈る。


「へえ。辻原さん、出雲に行ってきたんすか？」

　僕がメモを添えて三十枚入りのサブレをテーブルに置くと、滝本さんが小刻みに頷きながら箱を手に取った。頻繁に頭を上下に動かすのは、滝本さんの癖だ。俺って二十五歳には見えないらしいんすよね、と滝本さんはよく言うけれど、それは容姿ではなく、どこか無邪気な言動に理由があると僕は思っている。

「そうなんですよ」

「もしかして、一人旅？」

「ですね」

「辻原さんって、本当に一人でどこにでも行きますよね。まじ尊敬。一人焼肉の話は、俺の中で伝説っすよ」

　半年前に僕が一人で焼肉屋に行ったエピソードは、よっぽど滝本さんのツボにはまったみたいだ。アパートの郵便受けにオープン記念の半額クーポンが入っていて、これを使わない手はないと思っただけなのだけれど、いまだに話題にされる。自分のバンドのメンバーにも披露して、曰く、大ウケだったらしい。

「出雲は、やっぱ出雲大社っすか？」

「そうです」

「よかったっすか？」

「よかったですよ」

滝本さんに返事をしながら、僕は鶯色の上っ張りに、帽子と紺色の前掛けを身に着けた。壁掛けの姿見を覗き込み、衿の形を整える。トヨ丸の休憩室は、男女共用のロッカールームと店長室を兼ねている。大々的に着替えることができないため、みんな、制服を上から着られるような私服で出勤していた。

「砂丘は行かなかったんすか？」

「砂丘？」

ロッカーの扉を閉めて、滝本さんに向き直った。滝本さんはすでに着替えが終わっている。この人は出勤が早い。トヨ丸のバイトに採用されるバンドマンは大抵が遅刻常習者で、しかもすぐに辞めるので、時間を守り、一年近く続いている滝本さんは、店長から最高のバンドマンだと讃えられていた。

「あれ？　出雲って、鳥取っすよね？　鳥取砂丘のある」

「出雲は島根ですよ」

「島根って……鳥取っすか？」

「島根は、島根です。鳥取の左隣にあります」

あー、あそこか、と滝本さんは頭部を弾ませるように顎（あご）を引いた。でも、一瞬目が泳いだので、本当に思い当たったかどうかは怪しい。

「いつ行ったんすか？」

「一昨日の夜に東京を出て、今朝の七時ごろに戻ってきました」

「今朝？」

滝本さんの声が裏返る。

「はい。行きも帰りも、寝台列車で寝たので」

「それはやばいっすね」

「やばい……ですかね」

出雲大社以外に行きたいところはなく、旅費も節約したくて、宿泊施設を利用しないスケジュールを組んだのだ。やっぱり音と振動が気になって、帰りの列車でもほぼ寝られなかったけれど、アパートに着いてから五時間は熟睡した。今は身体も軽く、無茶をしたという感覚はなかった。

「やばいっすよ。鉄人じゃないっすか」

「別に鉄人では――」

「おはようございまーす」

ノックと同時に、本島さんと竹内さんが、あー、エアコン最っ高、と言いながら休憩室に現れた。二人はホール係の早番だ。挨拶こそ交わすけれど、彼女たちが僕と滝本さんに視線を向けることはまずない。悪気があるわけではなく、キッチンとホールのあいだには、そもそも積極的な交流がないのだ。すでに辞めた先輩によると、トヨ丸は昔からこういう感じらしい。

「あ、これ、辻原さんからお土産っす。辻原さん、今朝鳥取から帰ってきたらしいっす。やばくないっすか？　やばいっすよね」

　滝本さんが盛んに頷きつつ、彼女たちにサブレの箱を指し示した。キッチンとホールのあいだに横たわる深い谷に、滝本さんは果敢に挑んでいる。また鳥取と口にしていることは気になったけれど、訂正はしなかった。

「ありがとうございまーす。あとでいただきまーす」

　二人はサブレを一目見ると、自分たちの会話と着替えに戻っていった。滝本さんってちょっとあれだよね、と彼女たちが陰で嗤っていることは知っている。でも僕は、滝本さんといると気が楽だ。僕の反応にかかわらず喋りかけてくれるから、なんというか、間が持つ。もしかすると、僕がこの一年でもっとも肉声を交わした相手は、滝本さんかもしれない。

「あっ、四時になりますよ」

滝本さんの掛け声で、各々タイムカードを押した。トヨ丸が開くのは午後五時だ。一時間のうちに、店長と社員の井ノ瀬さんを加えた六人で、開店の準備をする。僕は手始めに、昨晩、閉店後にセットされた食洗機の中身を片づけた。滝本さんは、冷凍食品の一部を流水にさらして解凍している。皿洗いと調理がキッチンの主な仕事だ。調理師免許を持つ井ノ瀬さんが魚を捌くと、血と海の匂いがあたりに広がった。

「時間でーす。オープンしまーす」

ホールから声がしたのと同時に、有線のスイッチが入った。和風の内装に合わせているのか、トヨ丸では三味線や箏の演奏を流している。さっそく一組目のお客さんが入店したようだ。いらっしゃいませ、と唱和する声が聞こえた。注文は、ホール係からカウンター越しに伝えられる。はいよ、と井ノ瀬さんが刺身の盛り合わせに取りかかった横で、僕と滝本さんも枝豆とたこわさを小鉢に盛りつけたり、フライドポテトを揚げたりした。

やがて、十八時出勤のキッチン係が二人、裏口から現れた。やけに手厚いシフトだな、と思ってから、今日が金曜だということに気づく。寝台列車に二晩続けて乗ったため、曜日感覚が狂っていた。

「あーっ、滝本くん、裏に行くなら、ついでに大根も持ってきて。おろしのストックがなくなりそう。手が空いたときに半分すっておいて」

「了解っす」

「辻原くん、アッタマ、ふたつ追加になった。計みっつね」

「分かりました」

僕は冷蔵庫からプラスチック製のピッチャーを取り出した。真っ黄色の中身は、だし汁で溶いた卵液だ。厚焼き玉子ひとつぶんの卵液を計量カップに注ぎ、長方形のフライパンを火にかける。鉄板に油をのばしたところで卵液を三ぶんの一ほど流し込むと、じゅわ、と音がして、加熱されたタンパク質のふくよかな香りが鼻を直撃した。

大学一年生の秋に、店の名物、厚焼き玉子の作り方を井ノ瀬さんから教わった。隙間時間に練習を重ね、お客さんに提供することを認められるまで、約三週間。これでも歴代のバイトの中では早いほうらしい。僕がキッチン係を志望したのは、接客に自信がないからという至ってシンプルな理由で、料理に興味があったわけではない。それでも、厚焼き玉子を作れるようになったころから、自炊にも凝るようになった。

「十四番さんのアッタマ、あがりました」

真っ黄色の塊を市松模様の平皿に載せ、大根おろしを添える。カウンター越しに見たホールは、祭りのような騒ぎだった。小学生くらいの子どもまでいる。僕の実家は外食することが滅多になくて、僕が居酒屋に初めて足を踏み入れたのは、トヨ丸の面接の日だった。お酒を飲んではしゃぐことは、どうして大人の一般的な行為として認められているのだろう。嘔吐（おうと）したり喧嘩（けんか）したり、泣き叫んだりするお客さんを見るたびに思う。みんな、本当に美味しいと思って、お酒を飲んでいるのだろうか。

　ふたつ目の厚焼き玉子に着手した。菜箸（さいばし）の先を大きな気泡に突き立てる。そのとき、裏口のドアノブが回る音がした。ガスレンジは裏口とほぼ対角の位置に設（しつら）えられているけれど、僕の耳が高野さんがドアノブを捻る音を聞き逃すことはない。彼女のシフトは常に把握している。今夜は七時出勤の予定だった。ということは、英語サークルに顔を出して、その足でトヨ丸に来たのだろう。高野さんは僕よりも偏差値の高い私立大学に、実家から通っていた。

「おはようございまーす」

「あっ、はよざいまーす」

「ざーっす」

　キッチン係の面々が挨拶を返している。僕は玉子を巻きながら、背中で高野さんの声を受け止めた。玉子をフライパンの端に寄せて油を塗り直し、再度卵液を注いだ瞬間に振り返る。休憩室に入っていく高野さんの後ろ姿が見えた。就活が終わると同時に染め直した、明るすぎない茶髪は肩の下まで伸びていて、服装は白のTシャツに水色っぽいジーンズ。肩には高級そうな鞄を提げている。大学に行けば、似た格好の女子を教室に五人は見つけられるだろう。なのに彼女だけが、僕には圧倒的に特別だった。

「あっ」

玉子を巻き始めるタイミングが遅れた。焦ったけれど、まだ挽回(ばんかい)できそうだ。最後にもう一度、フライパンに油を塗り、卵液を入れて巻く工程を繰り返す。完成した厚焼き玉子は、ひまわりの花びらみたいに真っ黄色だった。

「二十二番さんのアツタマ、あがりました」

ホールに声をかけたけれど、反応がない。みんな忙しいようだ。それに、僕は声が小さい。聞き取りづらいとよく言われる。声を張り上げようとしたとき、休憩室のドアが開いた。帽子の下、髪をひとつに結んだ高野さんが颯爽(さっそう)と僕の隣に立った。

「それ、どこですか？」

「二十二番さん、です」

「分かりました。私、ホールに出るついでに持って行きますよ」

「あ……お願いします」

カウンターに並んだ伝票の一枚に線を引き、高野さんはキッチンとホールを仕切るスイングドアのほうへ歩いて行った。彼女の前掛けの紐(ひも)に、一ヶ所、大きく捻(ねじ)れているところがある。僕がそれを見つめていると、高野さんが振り返った。

「そうだ。辻原さん、休憩室にあったお土産、さっそく一枚いただきました。美味しかったです。ありがとうございました」

「そんなのは、別に……」

　誰かの土産や差し入れを食べたとき、高野さんは必ず当人に礼を言う。相手がキッチン係だったとしても、その対応は変わらない。声をかけられるのを楽しみにしていたはずなのに、サブレを持ってきたこと自体を忘れていた。なんでもいいから会話に繋げたい。でも、言葉が出てこない。高野さんは会釈して、今度こそキッチンを出て行った。

「辻原くん、アツタマ、もうひとつ追加ね」

「あ、はいっ」

　井ノ瀬さんの指示が飛ぶ。僕はまた菜箸を忙しなく動かしながら、たった今、入手したばかりの高野さんの声を頭の中に再生した。辻原さん、と彼女は僕の苗字を口にした。いただきました、と敬語を使った。美味しかったです、と感想を言った。脳内音源は、僕が懸命に耳を澄ませているうちは質が劣化しない。一番のお気に入りは、去年の十月に、辻原さんの厚焼き玉子って本当にきれいですよね、と言われたときのものだ。思わず口から出たような言い方が、すごく嬉しかった。

　辻原さん、休憩室にあったお土産、さっそく一枚いただきました。美味しかったです。ありがとうございました。

よかった、と思う。〈焼き菓子だとクッキーよりサブレが好き！〉と高野さんがmixiの日記に書いているのを読んで、土産はサブレにしようと決めていた。中でも硬いサブレが好みらしく、僕はいくつか試食をして、一番歯ごたえのある商品を選んだのだった。

「八番さんのアツタマ、あがりました」

盛りつけた皿を手に、カウンターからホールを覗く。人懐っこい笑顔でお客さんと喋っている高野さんが見えた。前掛けの紐は、依然として捻れたままだった。


深夜一時を過ぎて、駅から徒歩十五分の住宅街に人通りはなかった。自分の足音の反響を感じる。この建物の密集具合が、いかにも東京らしい。僕の実家は目の前が蒟蒻（こんにゃく）畑だったから、こういう感覚は味わえなかった。

ゴミ捨て場の前を通りかかると、出勤時に見かけたときのまま、白いポリ袋が転がっていた。金曜は可燃ゴミの日なのに、資源ゴミを出した人がいるようだ。雑に結ばれた口の隙間から、ビールの缶やワインの瓶が覗いている。このあたりは、ゴミ捨て場のマナーがよくない。ゴミ捨て場の隅には、スポンジのはみ出た座椅子が一週間以上放置され、地面には謎の液体が広がっていた。

脇をすり抜けてアパートの敷地に入る。一階の奥から二番目が僕の部屋だ。明かりを点けるよりも早く、洋間の掃き出し窓を全開にした。ゴミは溜めていないし、掃除機もまめにかけている。洗濯物だって外に干しているのに、夏場は臭いがこもりやすい。リュックを下ろすと前ポケットにくくりつけていたお守りが床に当たり、乾いた音を立てた。

作り置きの惣菜で夜食を用意した。トヨ丸に賄い制度はないけれど、井ノ瀬さんが廃棄寸前の食材を分けてくれるので、助かっている。デジタル一眼レフカメラを買ったことで、最近は金欠気味だった。でも、実家に仕送りの増額は頼めない。三日前に作った鯵の南蛮漬けは味が染みていて、箸が進んだ。

シャワーと歯磨きを済ませ、ベッドに寝転ぶ。窓の外で猫が鳴いている。あのゴミ捨て場が目当てなのか、近所でたびたび野良猫を見かけた。あそこは防鳥ネットのかけ方が適当で、生ゴミが食べ放題なのだ。鳴き声を聞きながら携帯電話を開く。高野さんの mixi をチェックして、日記を読み返すつもりだった。けれども僕の指は、ブラウザを開く前に止まった。隼太からメールが届いていた。

受信時刻は、午後九時三十二分。僕がせっせと厚焼き玉子を焼いていた時間だ。退勤後、すぐに携帯電話を確認していたら、そのときに気づいただろう。でも、僕のアドレスは滅多にメールを受け取らない。だから、同僚のように休憩室に戻るや否や携帯電話を開く習慣は、僕にはなかった。

〈サンライズが取れたからって、なんなん？　ってか、なんでわざわざ今日乗るんさ。久しぶりの家族団らんのチャンスっしょ（笑）〉

　絵文字がふんだんに使われていて、自分たちを仲のいいきょうだいだと錯覚しそうになる。隼太はこの四月に大学に入学して、一人暮らしを始めた。実家からも通える大学だったから、家を出るかどうかで母親と揉めたようだ。〈おにいは東京で自由にやってるのにずるい〉と、靴底にこびりついた犬の糞をなすりつけるようなメールが何通か送られてきた。隼太は自分の感情にすさまじく素直なのだ。

〈まあ、そんなことはどうでもいいんだけど。おにいの部屋に残ってる漫画、売ってもいい？　三年以上放置してるってことは、もういらないんじゃねえ？　んで、買い取り額の半分、おれにちょーだいよー。今月、出費が多くて、ちょっとピンチなんだいね〉

　隼太の瞳の奥に瞬く光を思い出す。僕は自分の右手を見つめた。この手で人を殴ったことが、一度だけある。小学二年生のとき、当時四歳だった隼太に玩具を取られ、しかも、明らかに故意を持って乱暴に扱われたことにかっとなったのだ。小さな肩や背中に拳を打ちつけながら、衝動による暴力は最初の一、二回だけだということに、自分自身も気づいていた。あとは、もっと殴りたい、今なら殴れるという打算で動いていた。

　自分が犯した罪以上の罰を与えられていると、幼い隼太も分かったらしい。やがて隼太は防御と抵抗の姿勢を手放して、無表情に僕を見た。そのとき彼の目に灯(とも)った光の青白さが、今でも忘れられない。

〈いいよ、売って。全額あげる〉

　短く返信した。彼の言う漫画は、僕が中高生のころに買っていたシリーズで、今でも帰省したときには読み返すけれど、東京のアパートに持っていこうと考えたことはなかった。だから、別にいい。手放しても平気だ。

〈おにい、やっさしー。わりんねー！〉

　まだ起きていたのか、隼太からの返事はすぐに届いた。


〈というわけで、学校帰りの妹と待ち合わせて買いものに行ってきたよ。妹にそそのかされて、また半端丈のパンツ買っちゃったー。ほんと流行ってるよね。たまに貸してって言われたけど、そういう服って結局、8：2の割合で妹が着てるような気がするなあ〉

　右手に携帯電話を持ったまま左手でジョッキを摑(つか)み、縁に口をつける。氷が清涼飲料水のCMみたいな音を鳴らした。コンロの前に立ちっぱなしで火照った肌を、氷水が身体の内側から冷やしていく。暑い時期の休憩時間には、これが欠かせない。半分ほど飲むと、暑さがようやく和らいだ。

キッチンとホールからざわめきが聞こえてくる。水曜にしては混んでいるな、と思い、高野さんの日記にもう一度目を通した。これは昨日アップされたばかりだから、まだ読むたびに新鮮な発見がある。九月に入り、僕たち大学生はぎりぎり夏休みの中にいるけれど、小中高校は新学期が始まったようだ。高野さんの妹も夏休み明けの実力テストが悲惨な結果に終わり、彼女の憂さ晴らしのために二人で買いものに出かけたらしかった。

きょうだいの形は、本当にさまざまだ。

ごま塩をまぶしたような天井を見上げて、隼太の返信を思い出す。新古書店に売った僕の漫画は、結局五百円にもならなかったそうだ。隼太はそのことに怒っていた。たぶん、一度も読み返さないまま送信ボタンを押したのだろう。メールには誤字脱字が散見された。今度は絵文字はなかった。

僕が上京する前にも、僕と隼太には離れて生活していた時期がある。乳児期の隼太は身体が弱く、入退院を繰り返していて、看病で手いっぱいになった母親と仕事の忙しかった父親が、実家から車で一時間ほど離れた父方の祖父母宅に僕を預けたのだ。ほかに方法はなかったと、苦渋の決断だったのだと、のちに母親は何度も口にした。

そういうわけで、四歳から五歳にかけて、僕は伊香保にほど近い街に暮らしていた。祖母は登山とカメラが好きで、僕をハイキングに連れて行ったり、カメラのシャッターを切らせてくれたりした。僕のカメラ趣味は、祖母の遺品のカメラを譲り受けたことがきっかけで始まった。祖父母は電気屋を経営していたから、一人で過ごす時間も長かったけれど、動物園のように騒がしい幼稚園に通うことに比べれば、辛くも大変でもなかった。

ジョッキに再度口をつけたとき、休憩室のドアが勢いよく開いた。ざわめきが流れ込んでくる。静電気を感知したように皮膚が痺れた。僕がドアのほうに顔を向けると、険しい表情を浮かべた高野さんが立っていた。

「あっ」

携帯電話を閉じ、テーブルに広げていたリュックに戻す。シフトでは、この時間に休憩を摂るのは僕だけだったはず。状況により予定が変わることは、もちろんある。でも、一時間前に出勤したばかりの高野さんに、もう休憩の順番が回ってくるとは思えなかった。

「なにかあった？」

「えっと」

高野さんは張り詰めた表情のまま、後ろ手にドアを閉めた。床に落ちた視線は困惑を含んでいる。僕は自分から高野さんに話しかけていたことに気がついた。しかも、タメ口で。そんなことは、今までに一度もなかった。

「すみません、僕――」

「顔を合わせたくない人がお客さんで来ちゃって」

僕の言い訳は、居合抜きのように放たれた高野さんの言葉に搔き消された。

「は、はあ」

「それで私がパニックになってたら、店長が先に休憩に入っていいって言ってくれたの。ごめんね、私、中に人がいる可能性を考えてなかった。ノックしないで、驚かせちゃったよね」

高野さんは眉頭を寄せ、僕の向かいのパイプ椅子を雑な手つきで引いた。凹んだ座面に身を投げ出すように座り、額を搔き始める。制服の帽子が、どんどんずれていく。

「それはいいんだけど……」

今度は意識的に丁寧語を省いた。心臓が痛い。休憩室に二人きりになったことは、これまでにも何度かある。でも高野さんは挨拶すると、あとは携帯電話を触るばかりで、僕も壁の掲示物を読むふりをしながら彼女を盗み見ることしかできなかった。

「それって」

高野さんが額から手を離した。

「うん？」

「お守り、だよね？」

彼女の視線は、僕のリュックに繋がるお守りに伸びていた。

「そう。出雲大社の」

「そういえば、ちょっと前にサブレを買ってきてくれたよね。出雲大社って、あれでしょう？　縁結びの」

「うん」

誰との縁結びを願ったのか訊かれたら、どう答えよう。表情を隠すために氷水を飲む。お守りは深く考える前にリュックにつけていた。幸い高野さんは、僕の出雲大社参りについて深追いしなかった。眉間を揉むように押して、

「その逆の、人の縁を切ってくれる神社があればいいのに」

と、ぼやいた。

「京都にあったと思うけど」

「えっ」

「縁切り神社。有名なやつ」

「本当にあるの？」

僕はリュックから携帯電話を出すと、ブラウザを起ち上げ、検索窓に〈縁切り神社

京都〉と入力した。二秒と経たないうちに結果が表示される。これ、と僕が差し出した携帯電話を高野さんは両手で受け取った。

「本当だ。そっか、京都かあ。この際、行こうかなあ」

高野さんは僕に携帯電話を返し、両手をテーブルに重ねた。額を散々掻いたから、前髪まで乱れている。やや丸みのある輪郭に、大きな目とすっきりと高い鼻。唇は、下のほうが厚い。全体的に柔らかい雰囲気で、だからこそ写真を撮るなら、ビビッドだったりシャープだったり、インパクトのあるシチュエーションに合わせたい。優れた写真は、被写体の中にある魅力を表に引っ張り出す。彼女を撮影することは、僕の念願のひとつだった。

「その……顔を合わせたくなかったお客さんね」

「うん」

「私の彼氏なんだけど」

「ああ、王子」

僕の反応に、高野さんは脱力したように笑った。

「そうだよね。あんなに騒いでたら、キッチンまで伝わってるよね」

高野さんの恋人は、僕とも高野さんとも違う私立大学の四年生で、彼もまた帰国子女らしかった。父親は大企業の役員で、母親は元キャビンアテンダント。知人に頼まれ、何度かモデルを経験したことがあるほど背が高く、顔立ちも整っている。彼はしょっちゅう友だちとトヨ丸に飲みに来ていて、そのたびホール係がはしゃぐので、今や全従業員が彼を知っていた。王子というのも、ホール係の女子がつけた渾名、及び隠語だったはずだ。

「実は、少し前に別れ話を切り出して」

「えっ」

僕は反射的にお守りを見遣った。

「でも、突然だったからか、彼が全然受け入れてくれないの。もう一度会って話し合いたいって、電話とメールがしつこいんだよね……。私が三日前に彼の番号とメアドを拒否設定にしたから、コンタクトを取るには店に来るしかなかったって、彼は言うんだけど」

「それって、ストーカー？」

高野さんと王子が破局を迎えていた。そんなことはmixiにも書かれていなかった。

僕は懸命に冷静を装う。高野さんは苦笑して、

「そこまでは言わないよ。家に押しかけられたり待ち伏せされたり、そういうのは一切ないから。彼は、もう一度話がしたいって繰り返すだけ。周りはみんなあっちの味方で、私の気持ちが急に冷めたのが悪いんだから、せめて相手が納得するまで話に付

き合ってあげなよって言われる。でも、なにを話し合えばいいの？　彼は自分のなにがいけなかったのか訊きたがるけど、はっきりした理由なんてないんだよ」

　高野さんの声の温度が次第に上がっていく。ふいに羨（うらや）ましさを感じた。僕は酔っ払った母親から、誠太は昔からなにを考えているのか全然分からなかった、と言われることがある。発語が遅く、無口で、泣いたり怒ったりすることの珍しい、極めて大人しい子どもだったようだ。おそらく母親は、僕の発育や育て方に悩んだ時期があったのだと思う。そのことに申し訳なさを覚えながらも、隼太のように甘えるのはいまだに不得手だった。

「そうだったんだ」

「あ、ごめんね、なんかぺらぺら喋っちゃって……。どうしたんだろう、私。忘れてください、今の話、全部。本当に」

　高野さんは顔の前で手を合わせると、それにしても今日はアツタマがよく出るね、と、ぎこちなく話題を変えた。そうだね、と僕も乗じる。厚焼き玉子を上手に巻くコツを訊かれて答えているうちに、雰囲気がほぐれていく。二十回くらい焼けば慣れるよ、と言う僕に、家族だってそんなに食べてくれないよ、と高野さんは笑った。

　ノックの音がして、ドアが開いた。

「志織、王子が帰ったよ」

顔を覗かせたのは、高野さんと仲のいい本島さんだった。彼女は僕に一瞥もくれず、高野さんをまっすぐに見つめた。

「えっ、もう？」

「生中とアツタマを注文して、アツタマが焼き上がる前に帰った。あ、自分の都合だからって言って、もちろん、お代は全額払ってくれたよ」

「あー、分かった。ありがとう」

高野さんが頷くと、本島さんは、王子、超しょんぼりしてたよ、と、からかうように高野さんを指差し、ドアを閉めた。耳がつんとして、部屋が密閉されたように感じる。さっきまで二人で笑っていたことが嘘のように、硬くて重い沈黙が広がった。

高野さんが上目遣いに僕を見て、

「ね？」

と、おどけるように小首を傾げた。

「確かに私が悪いんだけど、でも、恋人の関係なんて、片方が終わりだと思ったら、もうどうしようもなくない？」

「王子は」

「うん？」

声がかすれた。僕は咳で喉の調子を整えて、

「王子はどうして高野さんにそんなにこだわるのかな」

と尋ねた。

「えっ」

高野さんの顔が怯えたように引き攣る。僕は慌てて、高野さんに魅力がないって言ってるわけじゃなくて、と付け足した。

「王子はモテそうだし、プライドも高そうだし、一人に執着するのが不思議で……。彼は高野さんのどういうところを好きなのかな」

「プライドが高そう」

僕の発言を繰り返すと、高野さんは唇の端で笑った。

「優しいところが好きだとは、よく言われたかな。あと、いつもにこにこしていて気遣いができて、メイクが薄くてもかわいいから、友だちに会わせるときに鼻が高いんだって。あ、これ、惚気てるわけじゃないよ」

「分かってる」

「彼、自己主張のはっきりした女の子が苦手なんだと思う。街で個性的な服装の子を見かけると、志織が普通でよかったって言ってた。帰国子女なのに控えめで、そういうところも好きだって。翻訳家になりたいっていう私の夢を応援してくれたのも、結局は、家事や育児と両立しやすい仕事だからっていう理由だったみたいだし」

高野さんの顔が曇っていく。

「そうだ、私、健太朗に褒められるたびにもやもやしてたんだ……」

高野さんは大きく息を吐いた。王子の本名は健太朗だったたな、と僕は思い出した。志織と健太朗。二人が下の名前で呼び合っているところを見たことがある。志織って意外と天然じゃない？　と仲良くなったトヨ丸の従業員に話しかける王子に、高野さんは、健太朗はすぐそういうことを言うよね、と拗ねたような笑顔を向けていた。

「化粧を思いっきり濃くして、ドクロの服とか着て、それで王子ともう一度会ってみたら？」

高野さんははっとして僕を見た。神妙な面持ちが崩れている。ありがとう、と湿った声で言われて、僕はなにも、と首を横に振った。壁の時計を確認すると、休憩の終わりまであと四分だった。名残惜しい気持ちで立ち上がり、ロッカーにリュックをしまった。

「そろそろ戻らないと」

「あ、そっか。本当にごめんね、変な話をして」

「気にしないで」

休憩室を出た途端、大きな音と強い匂いに囲まれた。現実に引き戻されるような感覚に、この二十分間はなんだったのだろうと思う。夢か妄想か、それとも幻覚か。高野さんの表情や声や言葉を精査したいけれど、新規入荷ぶんが多すぎて、どこから手を着ければいいのか分からない。

「辻原くん、休憩が終わったんだったら代わってっ」

コンロの前でフライパンを振っていた井ノ瀬さんが叫ぶ。僕が休んでいたあいだにも注文は増えて、それを手薄いシフトで回していたために、少し苛立っているようだ。

菜箸でフライパンの中身を丸めながら、二年前の夜を思い出す。シフトが七度目に重なったあの日、僕が裏口の冷蔵庫からトマトを出していると、ビールサーバーの樽を抱えた高野さんが現れた。彼女は僕に気づかなかったらしく、空の樽を指定の場所に置くなり宙を見上げて、はあっ、と獰猛なため息を吐いた。あれが僕が高野さんに興味を持った瞬間だった。

以来、僕の目は彼女を追いかけるようになった。意識すればするほど、高野さんのほころびはあちこちに見つかった。お客さんの下ネタを朗らかにかわしたあと、一人で皿を重ねているときの、厳しい面持ち。お疲れ、とバイト仲間に手を振った直後の、無表情。中学時代のことを話している最中の、硬い笑顔——。

曇天ではなく快晴の日のほうが影が濃くなるように、高野さんの明るさと暗さには大きな差がある。眼球が痛むほど眩しい日なたと、足を踏み入れたと同時に、暗い色の布を頭から被されたような心地がする日陰。僕はそのコントラストが好きだ。ふたつの面を行き来する高野さんは鮮やかで、躍動感があって、彼女の一瞬一瞬を網膜に焼きつけたくなる。この世には忘れたくない瞬間がたくさんあることを教えられる。

　それらを形に残すことができるから、僕はカメラに惹かれるのかもしれない。


　約一ヶ月後、高野さんから王子と無事別れたと報告があった。

　それは、ラストまで働いていたキッチン係二人とホール係三人がそれぞれタイムカードを押し、まだ残って雑務を片づけるという店長と井ノ瀬さんに挨拶をして、トヨ丸を出たあとのことだった。退勤後、ホール係は深夜営業のファミレスに寄ることがあるけれど、僕には関係ない。お疲れさまです、と挨拶して、さっさと帰路に就いた。十二月の中旬には、卒論の締め切りが控えている。こういうことには余裕を持って当たりたい僕は、二週間前からこつこつ書き進めていた。

　コンビニの前を通りかかる。白黒模様の猫が一匹、隣のビルとの隙間ににゅるりと入っていくのが見えた。アパートの前のゴミ捨て場をときどきうろついている猫だ。こんなところも縄張りらしい。思わず立ち止まり、真っ暗な路地を覗き込んだとき、背後で自転車のブレーキ音がした。

「なにやってるんですか？」

「うわあっ」

肩がびくりと跳ねた。隣町から自転車でトヨ丸に通っている高野さんが、サドルに跨がったまま片足を地面に着け、僕の後ろに立っていた。

「いや、あの、猫が」

「猫、いたんですか? 猫、好きなんですか?」

「普通、ですかね」

「普通なんだ」

高野さんが眉を八の字にして笑う。コンビニの照明を左半身に受けた彼女は、静かに発光しているみたいだった。さっきまで被っていた制服の帽子のせいで、髪に癖がついている。格好も、丈の長いグレーのパーカにジーンズとラフなのに、きれいだ。思わず見惚れた僕に、健太朗と無事にお別れしたのでお礼を言いたくて、と高野さんは告げた。

「そうなんですね。よかったです」

本当は〈彼氏とお別れしました。最後は私のわがままに振り回して申し訳なかったです。でも、彼みたいな人だったらもっと素敵な女の子と付き合えると思う。いろいろあったけど、楽しかった思い出もたくさんあるし、幸せになってほしいっていう気持ちは嘘じゃないよ。今までありがとう〉というmixiの日記を読んで分かっていたけれど、初めて知ったという顔をした。

「ありがとうございました。辻原さんのおかげです」

「えっと、本当にドクロの服で会いに行ったんですか？」

「ドクロではないんですけど」

　高野さんは照れくさそうに額を掻いた。

「高校時代の友だちの友だちに、ロリータファッションを好きな子がいて、彼女から服を借りました。あ、ロリータって分かります？」

「黒いお姫さまみたいな？」

「そうですね、友だちの場合はそれにちょっとゴシック要素が入っていて……私も細かい区分を分かってないので、適当なことを言うと怒られちゃうんですけど。でも、辻原さんが想像してる感じでだいたい合ってると思います」

　ふんわり広がった黒いスカートを思い浮かべる。東京の街を歩いていると、そういう服を着た女の子を見かけることがあった。高野さんにも似合いそうだ。メイクもしてもらったんですよ、と高野さんは自分の目もとを指でつついた。

「王子、どうでした？」

「硬直してました。実はこういう服も好きなんだって言ったら、似合うねって褒めながらも顔が超引き攣ってて……あれはおかしかったなあ。たぶん彼、よりを戻すつもりであの場に来てたんですよ。でも、コーヒーを飲み終わらないうちに、最後に顔を見られてよかった、志織と付き合えたことは僕の一生の宝物だと思うって言って、帰っていきました」

「じゃあ、本当に円満に？」

「はい。でも、自己主張しようとしなかったのは私なのに、そんな私を好きになった健太朗に勝手に冷めて、さすがに申し訳なかったなって今は思ってます」

一瞬、高野さんは寂しげに微笑んだ。

「それでも、よかったですね」

「はい、よかったです」

駅の方向からやって来た数人が、光に吸い寄せられるようにコンビニに入っていく。来店を知らせるチャイムの音が夜道にこぼれ、おでんの匂いが僕の鼻先をかすめた。間もなく冬がやって来る。冬の次は、春。別れの季節だ。

「それと、もうひとつ、お話がありまして」

「なんでしょう」

「滝本さんから、ライブのフライヤーってもらいました？」

「あのチラシのことですよね？　もらいましたけど……」

滝本さんのバンドは、クリスマスの四日前にライブイベントを企画していた。絶対に成功させたいんすよ、と休憩室でチラシを配っていたけれど、ライブは夜六時から九時までとトヨ丸の営業時間に重なっていて、バイト先で集客するのは、どう考えても間違っている。実際、ホール係の本島さんと竹内さんには、うちらに渡されても、と、すげなく断られていた。

「辻原さんは、行きますか？」

「僕？　どうして？」

「滝本さんと仲いいですよね」

「そういうのとは違うと思うけど……」

僕は滝本さんの連絡先を知らない。トヨ丸以外で会ったこともなかった。

「でも、よく楽しそうに喋ってますよね？」

滝本さんは誰にでも話しかける。そして、いつも楽しそうだ。とはいえ、自分が彼に懐かれている実感はなくもなかった。僕の冴えない相槌が、お喋りな滝本さんにはちょうどいいのかもしれない。

「もし辻原さんが行くなら、ご一緒させてほしいんですけど」

「高野さん、行くの？」

「実は私、チケットを一枚いただいてるんです。滝本さんに頼まれて、歌詞を英訳したことがあって、そのお礼に。その曲も披露するからぜひ観に来てほしいって言われたんですけど、さすがに一人では行きにくいんですよね」

いつの間に、と真っ先に思う。まさか滝本さんは高野さんを好きなのか？　トヨ丸での様子を思い返してみたけれど、彼が高野さんに特別な態度を取っていた記憶はない。でも、分からない。人の気持ちというのは、分からないものなのだ。

「あの、僕でよかったら、一緒に」

滝本さんが急に格好よく思えていた。彼は僕より背が高く、顔が小さくてスタイルがいい。バンドではギターボーカルを担当していると言っていた。つまり、歌えるだけではなく、楽器が弾けるということだ。勤務態度も真面目で、気が利くほうではないけれど、社員がいないときでもサボらない。彼がいい人であることを、僕は知っていた。

「本当？　助かる。私と辻原さんの二人だけなら、同じ日に休みの希望を出しても平気だよね？　平日だし。あ、でも理由は内緒にしておいたほうがいいかな。滝本さんにも口止めして……。忘年会で忙しい時期だから、店長が嫌がるかも」

「そうだね」

胸の中で煙を焚かれたように息が苦しい。視界が暗くなったように感じる。なぜだろう。貧血かもしれない。高野さんに気づかれないよう、手を握ったり広げたりしてみる。だめだ。よくならない。

「じゃあ、連絡先を交換してもらってもいい？」

高野さんがポケットに右手を突っ込んだ。二秒後、目の前で白い携帯電話が開く。僕はようやくなにを言われたのか理解した。

「あっ、うん」

慌てて携帯電話を取り出す。僕のアドレスのほうがシンプルだったので、口頭で綴りを伝えて空メールを送ってもらった。受信フォルダのすぐ下には、僕がＳｈｉｏｒｉの日記を保存している未送信フォルダがある。彼女の日記は全体公開設定になっていて、マイミク以外の会員も読むことができた。だから今までは、素性を偽り、こっそり見ている罪悪感が薄かった。でも、ここにきて、自分は間違っているのではないかという意識が膨らむのを感じた。

「詳しいことは、またメールで決めよう」

「うん」

高野さんが自転車のペダルに足をかけ、その場で向きを変える。僕に手を振り、来た道を帰っていった。僕はしばらく彼女の残像を追いかけていたけれど、やがて会話を反芻しながらアパートに戻った。休憩室で初めてまともに喋ったときから時間が流れ、互いに丁寧語に戻っていたのが、またタメ口になった。もう揺らがない。そんな確信があった。

帰宅後は予定どおり卒論に取りかかった。けれども、集中できない。諦めてパソコンから離れ、ベッドに寝転ぶ。携帯電話のアドレス帳を開き、高野さんの名前を凝視していたとき、本人からメールが届いた。

〈さっきはありがとう！　一応、電話番号も知らせておいたほうがいいかなと思ってメールしたよ。おやすみ〉

文末には笑顔と眠りを表すZの絵文字がついていた。正体の分からない衝動が足のつま先からつむじまでを駆け上がり、僕は、ああっ、と叫んで枕に顔を押しつけた。

最後にもう一度、〈初心者のためのライブハウス講座〉を先頭から終わりまで読み返して、パソコンをシャットダウンした。靴を履こうとしたところで頑固だった寝癖が気になり、ユニットバスに引き返す。大丈夫、撥ねていない。髭もきれいに剃れている。僕は鏡面の自分に頷き、外に出た。木枯らしが顔に吹きつける。肩のあたりがぶるっと震えた。

高野さんとの待ち合わせ場所は、ライブハウスの最寄り駅に決まった。会社や学校帰りと思しき人で、電車は混んでいる。人いきれに揉まれながら、約束してからずっと、今日のことばかり考えていたな、と思った。卒論も予定どおりに進まず、書き上がったのは、三日ある受付期間の二日目だった。上手くまとまらなかったような気がするけれど、普段は真面目にゼミを受講しているから、落ちることはないだろう。もはやそう信じるしかなかった。

　電車を降り、東口の改札を抜ける。高野さんはまだ着いていないようだ。駅構内から出てくる人が見えるよう、僕は柱の前に立った。リュックから文庫本を出し、ついでにお守りを握る。どうか、と祈りを捧げたのち、本を開いた。今日持ってきたのは、夏にサンライズ出雲で読んだ一冊だ。これが高野さんの目に留まり、話が弾めばいいと考えていた。

「辻原さーんっ」

　顔を上げると、高野さんが改札機に定期入れを押し当て、小走りで近づいてくるところだった。黒いダウンジャケットのフードが犬の垂れ耳みたいに揺れている。車内が暑かったのか、高野さんの頬は赤い。僕は本を閉じ、でもリュックには戻さないまま、こんばんは、と挨拶した。

「早いね」

「ちょうど一本早く乗れたから」

「そうなんだ。私は大学を出るのがぎりぎりになっちゃって、焦ったよ。あー、間に合ってよかった」

　高野さんが僕を見上げて笑う。その視線が、唐突に下がった。

「あ、その本」

「これ？」

僕は顔の前に本を掲げた。

「好きなの？」

「うん、まあ」

「私も好きだよ。辻原さんって、小説を読むんだね。知らなかった」

「読むって言えるほど読んではいないけど」

本の話をしながらライブハウスに向かった。高野さんがタイトルを挙げた本の大半を僕はすでに読んでいたけれど、二冊に一冊は知らないふりをした。それでも高野さんは、ゼミの子以外で海外文学を読む人に初めて会った、と嬉しそうだった。四日後のクリスマスに備えて、街路樹はイルミネーションが施されていた。軒下にはクリスマスツリーが飾られ、クリスマスソングが歩道にこぼれている。僕たちはその中を泳ぐように進んだ。

目的のライブハウスは、五階建ての小さなビルにあった。一階の受付で、滝本さんのバンド名のバビルサズと自分の名前を伝えて、チケット代にドリンク料金を足した額を支払った。ネットで学んだとおりの流れだ。滝本さんから招待を受けている高野さんは、ドリンク代のみ精算していた。受付の人によると、ちょうど四組目の演奏が終わったところらしい。バビルサズの出番は六番目だ。高野さんと相談して、せっかくだからと五組目も観ることにした。

ライブのために造られたその空間は、学校の教室ふたつぶんほどの広さだった。前方にはステージが、後方にはバーカウンターが設えられている。ほの暗い観客スペースでは、三十人ほどのお客さんがプラスチック製のカップを片手に談笑していた。テレビやネットで見るように、人がぎゅうぎゅうに詰まっている感じはしない。アマチュアバンドのライブとは、こういうものなのだろうか。僕と高野さんは後方の壁際に立った。

「あれが次のバンドの人たちかな」

高野さんがステージに視線を向ける。僕も知っている有名な洋楽をＢＧＭに、三人が楽器のチューニングをしていた。ギターやベースの人が弦を鳴らすたび、甘い音色が響く。僕は高野さんに顔を少し寄せて、

「今日のイベントは、滝本さんがほかのバンドに声をかけて企画したんだよね？　ってことは、あの人たちも知り合いなのかな？」

「そういうことだよね。あ、あの人がボーカルかな。格好いいね。華がある」

ステージの右側から出てきた男は髪が金色で、白いＴシャツにジーンズを穿いていた。マイクスタンドの高さを調整しつつ、音の響き具合をチェックしている。中性的な顔立ちで、確かに華がある。王子とはまた違ったタイプだ。高野さんは、こういう

人が好きなのだろうか。

　間もなく観客スペースの照明が消えて、彼らの演奏が始まった。こんなに響かせる必要があるのかと思うほどの大音量で、床も壁も波打っているみたいだ。目まぐるしく色を変え、ステージを這い回るスポットライト。東京に暮らす鬱屈を表した歌詞。ボーカルは切なげな顔で歌っているけれど、自然にそういう表情になったというよりは、演出のように見える。しかも、歌を表現するためではない。見られたい自分になるための演出だ。自己承認に観客を利用しているみたいで、僕は好きになれない。でも、熱心なファンらしき女の子が三人、ステージに張りつくようにして鑑賞していた。

「ありがとうございましたー」

　僕が楽しみ方を掴めないうちに、彼らの演奏は終わった。四人が袖に引っ込み、照明が少し明るくなる。今のうちにトイレに行ってくるね、と言う高野さんに代わり、僕は自分のぶんと併せて彼女のドリンクを注文した。高野さん希望の生ビールは、ちょうど樽を交換するタイミングだったらしく、僕はバーカウンターの前で待った。先に受け取ったオレンジジュースに口をつけ、あたりを見回す。すると、トイレから戻ってきたらしい高野さんが金髪の男と喋っているのが目に留まった。

「高野さん、これ」

　声が尖らないよう留意しつつ、二人に近づく。僕が生ビールを差し出すと、高野さんは手の中の携帯電話をダウンジャケットに滑り込ませた。

「ありがとう。あのね、こちらはさっきのバンドでボーカルを担当していたコウさん。バビルサズを観るために、裏から回ってきたんだって」

「どうも、コウでーす。二人は滝くんのバイト仲間なんだって？　俺らの演奏も聴いてくれたみたいで、ありがとね」

「あ、いえ」

間近で見ると睫毛が長く、肌がきめ細やかだった。目の大きさに驚き、僕は言葉に詰まる。けれども、コウさんが僕に顔を向けていた時間は短かった。すぐに高野さんに視線を戻すと、ぜひまた観に来てよ、と前髪を指で払って微笑み、別のお客さんのもとへ去っていった。

「えっと……知り合いだったの？」

高野さんはビールを三ぶんの一ほど飲み、ううん、と首を横に振った。

「トイレを出たところでばったり会ったの。感想を訊かれて、ちょっと喋ってただけ。お客さんの顔って、ステージの上からでも意外と分かるらしいよ」

「へえ、そうなんだ」

「あ、滝本さんが出てきた」

ステージに現れた滝本さんは、コウさんのバンドとは違う洋楽をＢＧＭに、ギターとマイクを調整した。黒いTシャツに黒いパンツを合わせている。アクセサリーがすべてごつごつしていることは、離れたところからでも見て取れた。僕は音楽には詳しくない。バビルサズのジャンルも知らない。それでも、意外だ、と強く思った。

「高野さんが英訳した歌詞って、どういう感じだったの？」

「えっとね」

高野さんは僕を見つめて、二秒ほど押し黙った。動作確認のためか、ステージ上のライトが色を変えながら動く。高野さんの虹彩が明るくなり、暗くなって、タラタッとドラムの音が響くと同時にもとに戻った。

「ここまで来たんだから、観てのお楽しみのほうがいいんじゃない？」

高野さんの唇の片端が上がる。照明が暗くなった。

　レジ前の冷蔵庫からサンドウィッチを引き上げ、コーヒー代と合わせて精算した。席を確保した印として置いていた文庫本をリュックにしまい、代わりに買ったばかりの品をテーブルに載せる。もう一台のレジで注文していた高野さんが、自分のトレイを水平に保ちながらやって来た。

「二人がけの席がちょうど空いてよかったね」

「そうだね」

高野さんはスコーンとカフェオレを注文したようだ。マグカップは褐色の液体で満ちていた。ライブハウスを出たあと、どちらからともなく小腹が減ったという話になり、偶然見つけたチェーン系のカフェに入った。滝本さんは僕たちを打ち上げに誘ってくれたけれど、気疲れするのは目に見えている。事前に相談していたわけでもないのに、僕と高野さんは声を揃えて断っていた。

平日の夜九時過ぎ、店はにぎわっている。カフェが混雑するような時間帯ではないのに、さすがは東京の繁華街だ。一人で携帯電話をいじっているお客さんもいれば、話に興じているグループもいる。はす向かいの女の人は、クリスマスプレゼントらしき紙袋を膝に載せていた。お客さんの出入りも頻繁で、ドアが開くたびに冷たい空気を足もとに感じた。

「滝本さん、すごかったね」

「びっくりしたよ。あんなに激しいとは思ってなかったから」

「私は歌詞を見せてもらったときになんとなく想像はしてたけど、それでも驚いちゃった」

バビルサズは歌っているのかがなっているのか、楽器は決まった音程に沿って演奏しているのか、それとも情熱のほとばしりに身を任せているのか、僕には判断できないバンドだった。滝本さんは終始首を前後に振ったり、ギターを抱えたままステージを飛び跳ねたりしていた。途中、Tシャツを脱ぎ捨て、半裸にもなっていた。それでも滝本さんの音楽には忘我を感じられて、コウさんのバンドに覚えたような抵抗は抱かなかった。僕と高野さんが、格好よかったです、と感想を伝えたときの笑顔も、清々しいくらいに澄んでいた。

「アスク……なんとかって繰り返してたのが、高野さんが英訳した歌だよね？」

一曲だけあった、歌詞がすべて英語の曲の、サビだと思われる部分を口にする。僕は英語が苦手だ。その上、ライブハウスは音の反響が大きくて、欠片しか聞き取れなかった。

「そうだよ」

「あれはどういう意味なの？」

「求めよ、たとえ与えられなくても、求めよ、肉体が朽ち果てるまで」

「えっ」

「聞いたことない？　求めよ、さらば与えられん。尋ねよ、さらば見出さん。門を叩け、さらば開かれん。新約聖書の一節なんだけど」

「キリスト教の？」

「そうそう」

高野さんは鞄から筆箱とバインダーを取り出した。普段、大学で使用しているもののようだ。表紙を開き、まっさらなルーズリーフを見つけると、高野さんは罫線を無視して、〈Ask, and it will be given to you.〉と書きつけた。

「これが、求めよ、さらば与えられんの原文。滝本さんの歌詞は、この一文をヒントに考えたんだって」

「へえ。ask の意味って、尋ねるだと思ってた」

「学校ではそう習うよね。でも、祈るや願うっていう意味もあるんだよ」

「勉強になりました」

「ご清聴、ありがとうございました」

高野さんはどこか満足げに頷くと、スコーンを手に取った。僕もサンドウィッチを頬張る。歌を聴いていただけなのに疲れたのか、塩分が身体に染みた。しばらく互いに無言で食事を摂る。スコーンを食べ終えた高野さんが、辻原さんの専門ってなに？と尋ねたのを機に、就活の話になった。僕はトヨ丸の休憩室で聞き耳を立ててたりＳｈｉｏｒｉの日記を読んだりして、彼女のことを知っているけれど、高野さんは違う。僕が四月から東京のソフトウェア開発会社に勤めることを告げると、目を丸くした。

「私もＩＴ系に就職する予定だから、業種が近いね」

「高野さんは英文学科を出てＩＴ系に行くんだ。珍しいんじゃない？」

その理由を僕はすでに知っていたけれど、高野さんに怪しまれないように質問した。

私は翻訳家になりたいんだけど、そのためには専門分野があったほうがいいんだ、だからIT系に就職して、働きながら翻訳学校に通うつもり、と高野さんは僕が頭に思い浮かべたとおりのことを説明した。

「武者修行みたいだね」

「武者修行？　そんなこと、初めて言われたよ」

なにが面白かったのか、高野さんは声を上げて笑い、

「でも、そっか。辻原さんは四月以降も東京にいるんだね。群馬には戻らないんだ」

と頷いた。

「僕の地元が群馬だっていうのは知ってるんだ」

「もちろん。帰省すると、いつもねぎ煎餅を買ってきてくれるよね」

「初めて帰省したときは蒟蒻にしたんだけど、もらってくれる人がいなくて大変だったから、二回目以降は煎餅にしてるんだ」

「蒟蒻？　それはバイト先のお土産には向かないよ」

あはは、と、また声に出して笑うと、高野さんはカフェオレを飲んだ。マグカップを持つ指先はだいぶ赤くなっている。彼女の冷えが解消されたことに、僕は密やかに安堵した。

「辻原さんは、就職先には今の家から通うの？」

「いや、引っ越すことになると思う。あの街からだと通いづらくて」

「そうなんだ。私も実家を出て、人生初の一人暮らしをする予定だよ」

知ってるよ、と口を滑らせそうになる。彼女と生活圏が重ならなくなることに焦り、僕は出雲大社にまで行ったのだ。へえ、と言葉少なに返した僕に、もうちょっと私に興味を持ってよ、と高野さんは冗談めかして言った。

「今年のホール係の四年生って、仲がいいんだ。私と衿子と杏奈と、圭介と寿史の五人。卒業後もトヨ丸に集まろうって話してるから、そのときは辻原さんも来てね」

「楽しそうだね」

高野さん以外の四人は、僕に来てほしくないだろう。場の雰囲気が冷めること必至だ。高野さんは新人の悩みや同僚の体調不良にはいち早く気づくのに、意外と鈍いなあ、とおかしくなる。マグカップのコーヒーは、すっかりぬるくなっていた。

三組のお客さんが同時に入ってきたタイミングで店を出た。降りる駅はひとつ違うけれど、乗る電車は一緒だ。改札を通過し、ホームに並んで立つ。最近全然雨が降らないよね、と二人で夜空を見上げていると、高野さんがやにわにダウンジャケットから携帯電話を取り出した。

「コウさんだ」

高野さんの呟(つぶや)きを受けて黙るかのように、白い携帯電話は振動を止めた。

「さっきの人？」

「うん」

「電話？」

「ううん、メール」

文面を読んでいる高野さんの目もとが、バックライトに照らされている。ライブハウスでコウさんと喋っていたとき、彼女の手の中に携帯電話があったことを、僕はぼんやりと思い起こした。高野さんは短く文字を打つと、携帯電話をポケットに戻した。

「コウさんとメアドを交換したんだね」

「次のライブの予定を教えたいからって言われて。営業熱心だよね。バンドマンは大変だ」

連絡先とは、初対面の人ともこれほど気軽に交換されるものなのか。高野さんを除くと、僕のアドレス帳には、家族にトヨ丸に大学の学生課、それに高校時代のクラスメイト二人と、ゼミ仲間五人しか登録されていない。クラスメイトはいずれも同じ係になったことがある男子で、メールで連絡できたほうが便利だよね、という理由で教え合った。ゼミ仲間の連絡先を知ったのも、同じような経緯(いきさつ)だ。今後、それなりに関わることが確定している相手。電話番号やメールアドレスは、そういう人間と交わすものとばかり思っていた。

「コウさんは、まだ打ち上げ中なんじゃない？」

「そうみたい。まだ近くにいるなら、二次会からおいでよって誘われた」

「……行くの？」

「行かないよー。ホームまで来ちゃったし、それに私、明日も大学だから」

それはつまり、メールを受信するのが改札を抜ける前で、明日が休みだったら参加していたということか。格好いいね、とコウさんを評していた高野さんの声がよみがえる。先ほど感想を伝えたときの反応で、滝本さんは高野さんを好きなのかもしれないという疑念は晴れていた。でも、コウさんは違う。あの人は間違いなく、高野さんを狙っている。

高野さんのほうが先に電車を降りた。窓越しに手を振って別れる。僕も三分後に降車して、駅からアパートまでの道のりを走った。身体がむずむずして、じっとしていられなかったのだ。胃の中でコーヒーが波打っている。リュックにぶら下げたお守りの揺れを背中に感じた。ゴミ捨て場で袋を漁っていた白黒の猫が僕の登場に驚き、一目散に道路を横切るのが見えた。

ドアを開け、狭い玄関にしゃがむ。腕の中に顔を埋めた。高野さんと付き合いたいとは思っていない、なんて嘘だ。ライブハウスに不慣れなことを知られたくなくて、ネットで予習した。あの文庫本を持参したのも、話のネタにしたかった以上に、僕と趣味が合うと彼女に思わせたかったからだ。嫌われたくない。彼女の特別になりたい。高野さんの小走り、上目遣い、ステージの照明を受けてくるくる変化する虹彩。今夜の断片が脳裏を巡る。

どうしよう、高野さんのことが好きだ。

顔を上げる。真っ暗な部屋の中、電化製品に灯る小さなライトが星のように震えている。

高野さんのことが、僕はすごく大好きだ。

年が明けて十日が過ぎたころ、隼太が僕の部屋に一泊した。東京に遊びに来た際の宿代わりを頼まれたのだ。ゴールデンウィークにも同じようなことがあった。隼太の頼みを断ったときの面倒くささを熟知している僕は、ふたつ返事で了解した。

隼太がアパートに着いたのは、今回も深夜二時過ぎだった。こんな時間まで、どこでなにをしていたのだろう。僕には見当もつかない。悪い、起こしちゃった？　と隼太は詫びと気遣いの言葉を口にしたけれど、表情は普段どおりだった。五月に会ったときよりも髪色は明るく、眉は細い。大学生活を満喫しているようだ。

「僕も一時間前にバイトから帰ってきたところだから」

「そうなん？　なあんだ、謝って損した」

前後に並んで短い廊下を進む。ダウンジャケットで着ぶくれた隼太の登場で、六畳ほどの洋間はますます狭くなった。隼太の身体からは、アルコールと煙草の臭いがした。僕は空間を少しでも広げるべく、テーブルを折り畳んだ。

「んで、おにいはなにしてたん？」

「なにって？」

「家に着いてからさ、今まで。だってこの部屋さ、テレビもないじゃん」

「あーね。パソコンでちょっと調べものをしてた」

「それって、エロ関係？」

僕が黙ると、相変わらず冗談が通じないのな、と隼太は鼻で笑った。

「男同士なんだから、隠さなくてもいいのに」

「父さんと母さんは元気なの？　おじいちゃんとも正月に会ったんだよね？」

今年度の年末年始もバイトにかこつけて、僕は実家に帰らなかった。大学生が従業員の半数以上を占めるトヨ丸は、この期間にもっとも人手が不足する。僕が出勤すると言えば、店長は喜んでシフトに入れてくれた。

「うん、元気。そうだ、じいちゃんからお年玉を預かってきたんだった」

隼太は鞄の内ポケットからポチ袋を取り出した。母方の祖父は、僕が成人した今でもお年玉をくれる。犬のキャラクターが描かれた袋は封が開いていて、隼太にいくらか抜かれた可能性はあるけれど、そこは追及しなかった。

「ありがとう」

「んじゃ、俺はもう寝るよ。シャワーは起きてから浴びる。鍵は郵便受けに入れておくから、おにいは気にせず大学に行っていいさー」

「分かった」

「あ、毛布だけ貸して。寒い。あと、エアコンの温度を上げてもいい?」

僕が対応するよりも早く、隼太はリモコンで暖房の設定を調整した。それからダウンジャケットのフードを被り、ベッドにあった毛布を身体に巻きつける。真冬なのに、本当に床で寝るつもりのようだ。水色の毛布にくるまれ横たわった隼太は、浜に打ち上げられたイルカみたいだった。

「じゃあ、おやすみ」

「おやすみ」

フードを縁取ったファーの下、隼太は瞼を閉じたようだ。少し考えたのち、僕は部屋の電気を消した。ありがとね、と、くぐもった声がする。隼太を跨ぎ、僕もベッドに寝転んだ。携帯電話のアラームの時刻を確認して、掛け布団を口もとまで引き上げる。けれども五分も経たないうちに、

「あのさ、ひとつ訊いておきたいことがあるんだけど」

と話しかけられた。

「なに？」

「東京で就職するってことは、おにいはもう、こっちに帰ってくるつもりはないんだいね？」

地元を迷いなくこっちと呼べる隼太が、少しだけ羨ましかった。

「分かんないけど、たぶん」

「あーね。おにい、こっちに友だちいないもんな」

「……そうだね」

隼太はなにを言いたいのだろう。分からないまま応答する。隼太はときどき、僕にやけに攻撃的な態度をとる。大勢で騒ぐことが好きな彼みたいな人間には、僕のように陰気な奴が我慢ならないのかもしれない。だったらネットカフェで一夜を明かすなり、ビジネスホテルに泊まるなりすればいいのに。節約のためとはいえ、馬が合わない兄を頼る感覚が理解できなかった。

「俺は地元が好きだし、友だちもうんといるから、大学卒業後はこっちで働くつもり。だから、父ちゃんと母ちゃんの老後は、俺がなんとかするさー」

「隼太が二人の近くにいてくれたら、僕も安心だよ」

「本当かよ。おにい、うちのことなんてさ、全然気にしてないくせに」

せせら笑うような口調だった。隼太が体勢を変えたらしく、ダウンジャケットの生地が擦れるような音がする。僕も寝返りを打ち、身体の正面を壁に向けた。見抜かれていた、と感じると同時に、まったくの嘘でもないのにな、と思う。長男の僕が地元に帰らなくてもいいのか、就活中に何度も考えた。ただ、いくら真剣に想像しても、群馬で、親のそばで人生を営むイメージは、僕にとって現実性に乏しかった。

「俺は父ちゃんと母ちゃんに散々迷惑をかけたけど」

「うん」

話が飛んだことに戸惑いながら、相槌を打つ。確かに隼太の反抗期は強烈で、中学校のトイレで煙草を吸ったりふざけて備品を壊したり、親は教師によく呼び出されていた。夜の街で警察に補導されたこともあった。

「でも、反抗期がないほうが実はやばいんだなって、おにいを見てると思うよ」

哀れみのにじんだ声だった。でも、なにを不憫がられ、揶揄されているのか分からない。どうなんだろうね、と僕が呟くと、自覚なしかよ、と隼太はふたたび鼻で笑った。それきり僕たちは眠りに就いた。

「滝本くん、海鮮サラダひとつ」

「了解っす」

「辻原くんは、アツタマをひとつ……あ、また注文が入った。計ふたつ、お願いね」

「はい」

井ノ瀬さんの指示が飛ぶ。僕は食洗機に器を並べる作業を中断して、手を洗った。冷蔵庫からだし汁と卵液を混ぜたものを取り出し、フライパンを火にかける。四年弱のあいだに、何百回、何千回と繰り返してきた動作だ。それでも、トヨ丸を辞める日を具体的に決めてからというもの、作り方を教わったばかりのころのように、また緊張するようになった。

自分はあといくつ、お客さんに厚焼き玉子を提供できるだろう。

火の通った玉子を菜箸で折り畳む。にわかにホールが騒がしくなった。高野さんもすでに出勤しているから、酔っ払いが暴れたり無茶なクレームをつけたりしていないか心配になり、僕は耳をそばだてた。でも、どちらかというと明るいにぎわいのようだ。厚焼き玉子をカウンターに置くついでに、ホールに目を向ける。半年前に入った新人がトレイを胸の前に抱え、超格好よくないですか？　と竹内さんに喋りかけていた。

「あれって、高野さんの新しい彼氏ですかかね」

「違うと思うけどなあ。そんな話、聞いてないし。でも、見た目は志織の好みかもね」

僕の嫌な予感は、数分後に答え合わせされた。竹内さんがカウンターから顔を覗かせ、お知り合いがみえてますよお、と滝本さんを呼んだのだ。キュウリとトマトを器に盛りつけていた滝本さんは、え、俺？　と鼻のあたりを指差した。そして、井ノ瀬さんに断りを入れたのち、誰だろう、と頭を振りながらホールへ出て行った。

「音楽関係の奴っした」

滝本さんはさっぱりした顔で戻ってきた。井ノ瀬さんがすかさず、バンドのメンバーってこと？　と尋ねる。違いますよ、と滝本さんは胸の前で手を振った。

「コウは……あ、そいつ、コウっていうんですけど、コウはコウで別のバンドを組んでるんす」

「へえ、ライバルってこと？　なのに仲がいいんだね。滝本くんがいるのを知ってて、わざわざうちに来てくれたってことでしょう？」

「そうっすね、コウとはよくライブで一緒になるんで」

「ああ、対バンっていうんだよね、そういうの」

二八は売り上げが落ちるとの法則どおり、今月に入ってからというもの、トヨ丸は暇な日が続いていた。井ノ瀬さんも大らかな態度で雑談を続けている。僕はふたつ目の厚焼き玉子に取りかかりながら、背中で二人の会話を聞いていた。

「でも、俺っていうより、高野さんに会いに来たんじゃないんすかね」

「モテるなあ、高野さんは。というか、そのコウさんと高野さんはどこで知り合ったんだろうね」

井ノ瀬さんが独り言ちる。あ、あ、どうっすかね、と返す滝本さんは、動揺を隠せていない。クリスマスの四日前に、僕と高野さんが滝本さんのライブを観に行ったことは、トヨ丸の人には内緒だ。その約束を土壇場で思い出したらしい。

「なんか焦げ臭くない？」

井ノ瀬さんが急に顔を覗かせたので、僕は飛び上がりそうなくらいに驚いた。焦げてる焦げてる、と井ノ瀬さんがフライパンを指差す。鉄板から換気扇に向かって、黒っぽい煙が立ち上っていた。すみませんっ、と僕は慌てて火を消した。焼き目を一応確認してみたけれど、やっぱり真っ黒だった。

「すぐに作り直します」

「珍しいね、辻原くんがここまで失敗するなんて」

井ノ瀬さんが苦笑した。今が閑散期でよかった。忙しいときの井ノ瀬さんは鬼軍曹みたいで、些細なミスにも厳しい。ただ、自分が自分を許せそうになかった。あといくつ、お客さんに提供できるだろう、と感傷にふけりながら、このざまだ。泣きたい気持ちでフライパンを取り替えた。

やり直したぶんは、普段どおりに焼けた。焦がしてしまったフライパンは重曹で表面を煮てから、シンクで優しく洗う。ホールから聞こえる楽しげな声が、すべて高野さんとコウさんのやり取りに感じられた。二人が付き合い始めたら、僕はどうすればいいのだろう。また破局を待つのか。高野さんとはもうすぐ店で会えなくなるのに。鼻の奥が熱くなった。

「辻原さん、大丈夫っすか？」

　気がつくと、すぐ隣に滝本さんが立っていた。

「あ……うん」

　滝本さんは立ち去らない。なぜか僕を見ている。頭の中を見透かそうとしているかのような、強い眼差しだった。

「えっと、どうかした？」

「あー、いや、なんでもないっす」

　滝本さんは僕の肩をぽんと叩くと、小刻みに頷き、自分の持ち場へ戻っていった。仕事でミスを犯した先輩を元気づけてくれたのだろうか。僕は滝本さんにまで心配をかけたことが情けなく、残りの勤務時間はいつも以上に丁寧に仕事をした。

〈今日、コウさんがお店に来たんだよ。辻原さんも顔を出せばよかったのに〉

　高野さんからメールが届いたのは、僕がアパートに到着した直後だった。

〈コウさんは、僕のことは覚えてないよ。ライブのときも、ちょっと喋っただけだから〉

〈そんなことないって。座敷があって、打ち上げによさそうなお店だねって言ってた。またトヨ丸に来るかもよ〉

　僕はマフラーを首もとから引き抜き、でも上着は脱がないままベッドの縁に腰かけていた。部屋に入ってから、ずっとこの状態だった。夜食の支度をする気力がない。

〈どうかな〉と入力して、その四文字を消去する。もう少し、あとほんの少しでいいから、高野さんの心に触れたかった。

〈コウさんは、高野さんに会いたくてトヨ丸に来たんじゃない？　高野さんのことが好きなんだと思うけど〉

　返事を待つドキドキに耐えられず、一旦、携帯電話を掛け布団に放った。早く返信を読みたい気持ちと、この数分間に高野さんのメール機能が壊れていたらいいのに、という謎の思いがせめぎ合う。両手で耳を覆ったにもかかわらず、僕の鼓膜は携帯電話のバイブレーション音を捉えた。

〈まさか！　自分のライブにお客さんを呼ぶための、コウさんなりの営業だよ。ああいう人はそんなふうに勘違いさせて、ファンを作るんだよ〉

　高野さんは鈍い。それとも、鈍いふりをしているのか。万が一、コウさんに心変わりされたときの予防線を張っているのかもしれない。この一ヶ月、僕はネットの恋愛相談や恋愛コラムを読み漁っていた。隼太が泊まりに来た夜に見ていたのもアダルトサイトではなく、匿名掲示板の片思いスレッドだ。僕にとって、女性の心理は未知の領域だ。絵文字だらけのメールが嫌がられることも、好きな人にはすぐに返信しないという駆け引きがあることも、他人の相談を介して知った。ネットがあれば、人生の大半は予習できるのだ。

それにしても、コウさんに思いを寄せられても自分にその気はないと、どうして高野さんは断言しないのだろう。僕は上半身を横に倒した。側頭部にマットレスの弾力を感じる。その瞬間、一番可能性の高い答えが頭を過ぎり、僕は少しだけ泣いた。

裏庭に面した和室で遊んでいると、電話が鳴った。電気屋ではなく、祖父母が自宅に引いている黒電話のほうだ。なぜか子どもに戻った僕が、肩を強張らせて耳を澄ませている。間もなく店からやって来た祖母が、はい、辻原です、と電話に出た。

「ああ、どうも」

祖母の声の変化で、電話の発信者は母親だと察知した。どうやら込み入った話をしているらしい。祖母の話し声は急に小さくなり、内容は聞き取れない。行儀が悪いかもしれないと迷いながら、僕はそうっと襖を開けた。

「私の不注意もあった……けんども、うちも商売をやってるんだからさ、四六時中、誠ちゃんに張りつい……はいかないでしょう」

僕ははっとしてこめかみに手を当てた。大きな絆創膏が貼られている。縁側の板をレールに見立て、電車の玩具を走らせていて、庭に落ちたときのことがよみがえった。僕の泣き声に、祖父と祖母が血相を変えて店から飛び出してきたことや、運び込まれた病院の、こぶとりじいさんのような医師に、子どもの怪我は勲章だよ、と頭を撫でられたことを、久しぶりに思い出した。

「それよりも、もうちったーこまめに誠ちゃんの顔を見に……きないの？　隼ちゃんの看病……かるけど、誠ちゃんがおやげねえ。ええっ？　そりゃあ誠ちゃんは、泣いたりわがままを言ったりはしないよ。誠ちゃんは大人しい、お利口さんだもの。でも、内心ではお母さんが恋しいに決まってるんさ。近いんだから、せめて週に一度は会いにいらっしゃいよ」

近いんだから。その言葉に不安を煽られ、僕は襖を閉めた。それは、母親もしょっちゅう口にしていた言葉だった。父方の祖父母の家に僕を預けると決めたときも、近いんだから、車で一時間もかからないんだから、と母親は口癖のように繰り返した。事実、離れて暮らし始めてしばらくは、頻繁に会いに来てくれた。隼太は入院中で、両親を独り占めできることが嬉しかった。

「そうは言っても、あの子には仕事があるでしょう」

祖母は声を潜めることを忘れたようだ。僕はこめかみの絆創膏に触れ、己の不注意を呪う。親が祖父母宅を訪れる頻度が下がっていることは、僕自身も感じていた。いつしか僕は、自宅に帰る両親を見送るたび、これで二人に会うのは最後かもしれないと考えるようになっていた。僕は祖父と祖母に大人になるまで育てられ、父親と母親と隼太は三人で暮らす。二人は隼太だけの、お父さんとお母さんになる——。

両親を乗せた車が角を曲がり、テールランプが見えなくなる。これまでに何度も目にした光景を思い出す。子どもの僕が遊ぶのを中断して自分の両手に目を移すと、小さな手のひらには爪の跡が刻まれていた。

ピンポン、と音がして、宅配業者を名乗る男の声がした。えっ、と思わず声が出る。でも、考えられる荷物はひとつしかない。僕は判子を手にドアを開けた。宅配業者から手渡された段ボール箱は、ノートパソコンを分厚くしたくらいの大きさで、予想していたよりも軽い。アルファベットだらけの送り状に緊張しながら、僕はゆっくりと開封した。

ファスナーつきのポリ袋に詰められた小さな玉が、真っ先に目に留まった。ワインレッドと白濁したピンク、それに、さくらんぼみたいに艶(つや)のある赤色のものがみっつずつ、袋の中でささやかな光を放っている。それから、アルミ製のボウルと、ガラスの小瓶。これらは緩衝材のシートにくるまれていた。中身をテーブルに並べ、底にあった紙を取り出す。〈How to make love potion.〉の見出しに、頰が緩むのを感じた。惚れ薬は、英語でラブポーション。何度見ても間の抜けた字面だと思う。

　二週間前、匿名掲示板の片思いスレッドで、僕はある相談を目にした。投稿者は男で、自分とはまったく違う華やかな女性に恋慕を寄せているという。見込みのなさに絶望している彼に、さまざまなアドバイスや励ましが寄せられる中、コメントもなく唐突に貼られていたのが、この惚れ薬作製キットのURLだった。アクセスすると、海外の通販サイトに繫がった。

　一見して怪しいと思い、一旦はページを閉じたのに、小瓶の写真が頭から離れなかった。惚れ薬とは確かに不気味だ。でも、惚れ薬がおまじないの一種なら、神社を参拝したりお守りを持ち歩いたりすることとのあいだに、どれほどの違いがあるというのだろう。そんなことをぼんやり考えていたある日、僕はひどく悲しい夢から目を覚ました。そして、気づくと惚れ薬作製キットの購入手続きを進めていた。

　オンラインの英和辞書を引き、紙に書かれた手順を翻訳する。まずは、ボウルにパワーストーンを並べて水を注ぎ、月の光に数日さらす。それから、水だけをガラス瓶に入れる。以上。簡単だ。僕は同封されていたパワーストーンのことも検索した。三種類は、いずれも恋愛成就に効く石として有名なようだ。適当な人が適当に考えたようなキットだと思った。

それでも僕は、せっかくだからという気持ちに押され、実際に作ることにした。水は生水ではないほうがいいような気がして、水道水を鍋でわざわざ沸騰させた。充分に冷ましたそれをおたまでボウルに入れると、パワーストーンが揺らめいた。埃が混入したり、うっかりこぼしたりしないよう、ラップをかけて窓の前に置く。空はちょうど日暮れを迎えていた。

「これ、で、いいのかな」

ボウルから数歩離れると、作りかけの惣菜が、なぜか洋間に置いてあるようにしか見えない。つくづく間が抜けている。こんなものに魔力が宿るはずがない。そう思いつつ、夜明け前にはボウルをキッチンに引っ込め、夜にまた窓辺に置くという生活を、とりあえず三日間送った。

翌日、百円ショップで買ったスポイトで、ボウルの水を小瓶に移した。安っぽいキットの中、ガラスの小瓶だけは凝っていて、紡錘形の胴体には縦方向の凹凸が施されていた。蓋も細長く、幻想的な雰囲気だ。僕は天井の照明に小瓶をかざした。月光にさらす前とあとで、水に変化は感じられない。手のひらに数滴垂らし、舐めてみる。味も匂いもしなかった。

はっとして手を洗った。本物だと信じていなかったはずなのに、真剣に確かめたことが恥ずかしい。石を入れていただけの湯冷ましを明かりに透かして、自分はなにをしているのだろう。僕は小瓶をシンクの引き出しに突っ込んだ。ごろん、と小瓶の転がる音がした。

薄く開けた窓から入ってきた風に、春の気配を感じた。反射的に外を見遣る。いい天気だ。ついさっきまで三月に入っても肌寒いことを嘆いていたのに、正午を過ぎて気温が上がったらしい。体感できる春が、すぐそこに来ている。僕は本を青森りんごの段ボール箱に詰めて、粘着テープで封をした。

先月末、大学を無事卒業できることが決まった。あと一週間でトヨ丸を辞めて、二週間後には、内定先に通いやすい街へ引っ越す予定だ。卒業式とトヨ丸の送別会には、新居から赴くことになる。費用を浮かせるため、荷造りや荷ほどきは自分で行うプランを選んだ。次は夏服を片づけようと立ち上がり、段ボール箱のストックがないことに気づく。昼食を買いがてら、近所のスーパーに出かけた。

左手に弁当の入ったポリ袋を提げ、右の脇に潰（つぶ）れた段ボール箱を抱える。パーカを羽織ってきたことを悔やむような陽気だった。街路樹の枝の先が、ところどころ膨らんでいる。風邪か花粉症か、マスクを装着している人がやたらと目についた。

アパートの前まで来たとき、ゴミ捨て場に白黒猫を見つけた。このあたりを縄張りにしている奴だ。これまで僕を二メートル以内に寄せつけたことはなかったのに、今日はやけに距離を詰めてくる。ピンクの鼻をすんすんと動かして、僕の弁当が気になるようだ。よっぽど腹を空かせているらしい。

　僕は足を止め、数秒考えた。こいつを初めて見かけたのは、おそらく大学二年生のときだ。あのころは、片手で持ち上げられそうなくらいに小さかった。それが、今ではチワワよりも確実に大きい。ふいに時間の流れを実感した。僕が引っ越せば、こいつと二度と会うことはないだろう。

「おいで」

　小さく呼びかけると、猫はすんなり僕の後ろをついてきた。玄関のドアを開ける。三和土（たたき）に段ボール箱を置いて手招きしたけれど、猫は少し離れたところに腰を下ろし、部屋に入るつもりはないようだ。僕は猫をアパートの廊下に残したまま、キッチンに立った。弁当の魚フライを箸で摑み、中身をほぐして小鉢に入れる。猫は肉食だと聞くけれど、野菜はまったく食べないのだろうか。一応、千切りキャベツも盛りつける。それを運ぼうとしたとき、頭の中で光が炸裂（さくれつ）するように、ガラスの小瓶のことを思い出した。

　あれをこれに混ぜたら、どうなるのだろう。

　引き出しから小瓶を取り出した。手にするのは、ここに片づけたとき以来だ。色や匂いを確認する。毒を混ぜようとしているかのような後ろめたさに、束の間、躊躇（ちゅうちょ）した。でも、これは水だ。ただの湯冷ましだ。猫が体調を崩すことは考えられない。僕はほぐした魚に中身を三滴ほど振りかけた。

ドアの隙間から覗くと、白黒猫はまだ廊下に座っていた。黒ずみ、ひび割れたコンクリートの地面に小鉢を置く。猫が鼻をひくつかせて近づいてくる。器まであと三歩のところで、白い足が止まった。僕を警戒しているようだ。

仕方なく部屋に引っ込み、ドアを閉める。キャベツを食む音がかすかに聞こえた。僕は白黒猫が小鉢に顔を突っ込んでいるさまを思い浮かべる。咀嚼音は五分も経たないうちに途絶えて、次に僕が廊下に顔を出したときには猫の姿は消えていた。舌できれいに舐めたらしく、ぽつんと残された小鉢は洗われたようにぴかぴかだった。

あのとき猫に惚れ薬を盛らなければ、と僕はまた考えている。

ファスナーを閉じて、すぐにもう一度開ける。この仕草を、今日だけで十回は繰り返している。ガラスの小瓶はハンカチに包み、リュックの底に入れた。これで人に見つかることはない。万が一、誰かの目に留まったとしても、その人がこれは惚れ薬だと気づく可能性はゼロだ。だから大丈夫、とまで考えて、本当にこれを送別会に持って行くのかと僕は自分に問い直した。

でも、持って行ったからといって、使うとは限らない。

「……うん」

答えが見えたような気がして、リュックを背負った。前ポケットには、出雲大社のお守りがまだぶら下がっている。これと同じだ。僕を勇気づけ、ひょっとしたら幸運を招いてくれるかもしれないことに意味がある。段ボール箱を立てかけた廊下を通過し、足をねじ込むように靴を履いた。新居の目の前は小さな公園で、敷地内で枝を大きく開いた桜は、間もなく満開を迎えようとしている。白っぽい花びらが、夜空に点灯しているみたいだ。

電車に乗った。車内は薄着の人や厚着の人、明るい色を着ている人や暗い色を身にまとっている人が混在していて、僕もまた、巨大なモザイク画の一点になったような気持ちになる。四十分ほどで、二週間前まで暮らしていた街に到着した。改札機も電光掲示板も、すでにどこかよそよそしい。トヨ丸とは反対方面の出口を抜けた。

チェーン系居酒屋に入り、店員に予約名を告げる。個室の座敷に案内されながら、高野さんに会うのも久しぶりだと思った。僕が最後に出勤した日、高野さんは僕に、お疲れさま、と声をかけてくれた。送別会の詳細も、彼女がメールで逐一知らせてくれた。ただし最近は、高野さんも一人暮らしの準備で忙しいらしく、やり取りが途絶えていた。

「あ、辻原さんだー」

襖を開けると、本島さんが最初に僕に気がついた。高野さんはその隣にいて、僕の顔を見るなり、ひらひらと手を振った。今月、トヨ丸を辞めた大学四年生のバイトは、キッチン係とホール係を合わせて七人。これほどの人数が任期満了のような形で抜けるのは珍しく、いい機会だからと送別会兼、店全体の飲み会を開くことにしたようだ。といってもトヨ丸は年中無休で、今夜のシフトに入っている人は、それぞれ仕事を終えたあとに参加することになっている。井ノ瀬さんと滝本さんが到着するのは、午前一時近くだろう。二次会は、朝五時まで営業している店に移るらしかった。

「おー、辻原くん」

店長の手招きを受け、隣に座った。壁沿いに鞄を置いている人が多かったけれど、僕は自分の傍らにリュックを下ろす。生でいい？　と訊かれ、はい、と、とっさに答えた。僕の返事はそのままホール係の後輩に伝えられた。

「それでは、四月から社会人になる七人に感謝と応援の気持ちを込めて、また、引き続きうちで頑張ってくれるみなさんに、今後もよろしくお願いしますの思いを込めて。乾杯」

店長の音頭に合わせ、二十本近い腕が一斉に上がった。ジョッキやグラスがぶつかる、涼やかな音。僕もビールを口にする。苦い。ジョッキをテーブルに置いたときには、早くも顔に火照りを感じていた。吐いたり寝たりしないよう、とにかく少しずつ飲もう。僕はおしぼりで口もとの泡を拭いた。

「新居はどう？　だいぶ片づいた？」

枝豆を唇に当て、店長が尋ねてきた。

「はい。もともと荷物が多くないので」

「そんな感じがするね。辻原くんって、趣味とかあるんだっけ？」

「カメラですかね。最近いじれてないですけど」

「あー、カメラかあ。僕もデジカメを買おうか悩んでるんだけど――」

店長の話に相槌を打ちながら、テーブルのほぼ対角線上にいる高野さんを盗み見た。今日は淡い水色のニットを着ている。mixiの日記にあったとおり、会わないあいだに髪が五センチほど短くなっていた。高野さんは今、ホール係の仲間と爆笑している。彼女と席が離れていることに、寂しさよりも一抹の安堵を覚えた。これで僕がガラスの小瓶を取り出す隙はないはずだ。

弁当の魚フライを与えた三日後、僕はあの白黒猫に再会した。猫は目が合うなり僕に近づいてきて、臑に身体をすり寄せた。好かれたと感じたときの衝撃が、いまだに薄くならない。惚れ薬は本物だったんだ、と思うと同時に肌が粟立ち、僕はアパートに逃げ帰った。しばらく経つと、猫は餌をくれた人間に懐いただけだと考えられるようになったけれど、それでも小瓶の中身を捨てることは、どうしてもできなかった。

あの日から僕の頭には、自分の手が高野さんの飲みものに惚れ薬を混ぜる光景がちらついている。やる、やらない。できる、できない。効く、効かない。正反対の思いが瞬きのたびに入れ替わり、僕は、繁華街のスクランブル交差点に取り残されたような不安を感じていた。

「それにしても、辻原くんは丸っと四年、うちにいたんだよなあ」

「そうですね」

「繊細そうだし、すぐに辞めるかもしれないって思ってたけど、いやあ、勤め上げたね」

「ありがとうございます」

二杯目の生ビールを手にした店長は、酔いが回り始めているようだ。面接のときの僕の印象を懐かしそうに語った。じゃんじゃん飲んで、どんどん食べなよ、と促され、僕もビールを啜る。そのうちに、門限を理由に数人が帰宅し、トヨ丸からやって来た数人が宴に加わった。空になった皿は、同業者として放っておけないんで、とホール係の後輩がきれいに重ねている。人が入れ替わったり動いたりするたび、席は徐々に乱れていった。

「俺、店長と飲んでみたかったんですよ」

ホール係の男子が二人、僕と店長のあいだに割り込んだ。僕はリュックを脇に抱え、座布団ごと席をずらした。これで喋る相手がいなくなった。ホール係に比べ、キッチン係は参加率が低い。テーブルの周りにはいくつかのグループができていたけれど、井ノ瀬さんと滝本さんがトヨ丸で働いている今、僕が飛び込んでも不審がられない人の輪は、この部屋にひとつもなかった。

手持ち無沙汰(ぶさた)から、ぬるくなったビールをちびちび飲む。大皿に微妙に残っていた料理も平らげた。トヨ丸の料理のほうが美味しいな、と、つい思う。このだし巻き玉子も、おそらく冷凍食品だろう。いつからか、トヨ丸に小さくない愛着を抱くようになった。まあ、四年もいたんだから、と一人納得して、またジョッキに口をつけた。

「辻原さん」

顔を上げると、ビールジョッキと取り皿を持った高野さんが立っていた。

「隣、いい?」

「いいけど……」

さっきまでホール係が集まっていたところに目を移す。本島さんと竹内さんは、後輩が向けた携帯電話の画面を真剣な面持ちで見つめていた。男子も男子で小さく固まり、肩を叩き合ってはしゃいでいる。

「あの人たちとは、会おうと思えばいつでも会えるから」

僕と高野さんは違うのか。今日が、この送別会が最後なのか。心臓が縮こまる。僕たちは雑談できるようになった。連絡先を交換して、一緒にライブハウスにも出かけた。夏に僕が出雲大社に祈願した、高野志織さんとの距離が縮まりますように、という思いは、間違いなく叶った。なのにここにきて、分厚いガラスの壁の存在を突きつけられたような気持ちになる。どうすれば、これを越えられる？　会おうと思えばいつでも会える人になれる？

「辻原さん、酔ってる？　顔が赤いよ。これ、何杯目？」

「一杯目だよ」

伸ばした人差し指は、わずかにぶれていた。

「お酒、弱かったんだね。無理して飲まなくてもいいのに」

「顔ほどは酔ってないよ」

「本当かなあ」

高野さんは吐息混じりに笑い、自分の取り皿にあった唐揚げを齧（かじ）った。

「高野さんも引っ越しは終わったんだよね？　新居はどう？」

「全然片づかない。どうしよう。入社式もまだなのに、最近、しょっちゅう同期と集合して飲んでるんだよね。荷ほどきを優先したほうがいいって、頭では分かってるんだけど」

「……そうなんだ」

「メーリングリストができて、同期と一気に仲良くなったんだ」

「へえ」

水分を求めてビールを飲む。なぜか苦みを感じなかった。いろんな感覚が曖昧だ。周囲の話し声が、屋内プールのように響いている。サラダのレタスも上手く箸で摑めない。傍らのリュックだけが、物体には確かに重量があることを僕に主張していた。

「同期は何人いるの？」

「私を入れて、十三人かな」

「十三人中、何人が男？」

「男の子？　十人だよ」

「十人か」

そのうち何人が、高野さんのことを好きになるのだろう。高野さんが好意を寄せる人は、その中に現れるだろうか。同期だけではない。会社には先輩もいる。コウさんのライブにも、高野さんはまた足を運ぶかもしれない。

「気になる？」

「え？」

「私の同期のこと、気になる？」

高野さんは僕を見た。

「……IT系は、やっぱり男子が多いんだなと思って」

　耐えきれずに視線を外した。そうかもね、と高野さんが頷くのを気配で感じる。そこから話題は、高野さんが最近読んだ小説に移った。僕がサンライズ出雲で開いた本の主人公にはさらに兄と姉がいて、彼らの物語を収録した短編集があるらしい。それを読むと一番上のお兄さんが亡くなった経緯が分かるよ、あ、分かるっていうのは語弊があるかも、分からないんだけど分かるって感じ、と高野さんは言った。読んでみるよ、と僕は応じた。

「あと三十分くらいで次のお店に移動かな。私、トイレに行ってくるね」

　高野さんが立ち上がる。僕はジョッキに残っていたビールを思い切って飲み干した。二次会は断って帰ろう。井ノ瀬さんと滝本さんには会いたいけれど、気力がない。頭部を両手で支え、息を吐く。麦芽の匂いがした。

　そのとき、うわっ、と叫び声が上がった。

「やばい、どうしよう。あ、おしぼり。おしぼり取って」

「誰か、店員さんに台拭きをもらって」

「あとタオルも。たぶん五枚くらいいるよ」

　店長がジョッキを倒したようだ。全員の目線が彼に集まり、数人がテーブルの上の皿を運んだりおしぼりを集めたり、座敷は大騒ぎになった。ビールは少なくない量がこぼれ、座布団や畳まで濡らしたらしく、四つん這いで被害を確認している人もいる。その場からまったく動かなかったのは、僕くらいだ。そして、僕に注意を払っている人は一人もいなかった。

こんな絶好のチャンスは、求めていなかった。

機会が手に入ったことが悲しいなんて、僕はおかしくなったのだろうか。お守りみたいなものだと自分で持参することを決めておいて、今更まともなふりをするなよ、という苛立ちと、なんでもいいから高野さんに好かれたいという欲望で、頭が爆ぜそうだ。右手でリュックを開け、ガラスの小瓶に触れた。そのまま手探りで蓋を外す。猫のときにはあった躊躇いが、今度は感じられない。僕はビールが半分ほど残っていた高野さんのジョッキを左手で持ち、その上ですばやく右手を振った。透明な滴が、三滴、四滴と落ちていく。

ただの湯冷ましだから。どうせ効かないから。

「どうしたの？　みんなの声が廊下まで聞こえてきたけど」

トイレから戻ってきた高野さんは、不思議そうに個室を見回した。

「店長がジョッキを倒しちゃって」

「えー、大丈夫なの？」

「うん、ほとんど片づいた」

竹内さんはピースサインで高野さんに答えると、しっかりしてくださいよ、と店長を叱った。いやあ、申し訳ない、と店長が頭を下げる。ビールを吸ったおしぼりやタオルを店員に引き渡したのを機に、雰囲気は少しずつ和やかさを取り戻していった。

「辻原さん、大丈夫？　具合が悪い？」

僕の隣にふたたび腰を下ろした高野さんが尋ねた。

「平気だよ。酔ってないって」

「でもなんか……泣きそうだから」

思わず目もとに手を添える。濡れていないことにほっとした。罪悪感が膨らみ、高野さんの顔をまともに見られない。僕はテーブルに視線を移した。今ならまだ引き返せると、高野さんにビールを飲ませなければいいと、木目の渦が僕を諭すように見上げている。

「なんて言ったらいいのか分からないんだけど」

「うん」

「これでトヨ丸の人たちとお別れなんだと思ったら、急に悲しくなってきて」

僕は口角を上げ、精いっぱい微笑んだ。高野さんが、えー、なにそれ、と、ふいを突かれたように笑う。彼女の手がジョッキを持った。黄金色の液体が傾き、ジョッキの中で泡が揺れる。その先端に、高野さんの唇が触れた。

「あー、美味しい」

高野さんは口の周りを手首で拭(ぬぐ)い、満足そうに目を細めた。

一週間後、〈送別会のときに話した本を貸したいから、よかったら会えないかな〉と高野さんからメールが届いたときの感情を、僕は一生言葉にできないだろう。

さらに一週間が経った平日の夜、高野さんが雑誌で見て気になっていたというカフェで、僕たちは落ち合った。壁一面に本棚が設えられ、そこかしこに観葉植物の鉢が置かれた店だった。僕はカフェラテを注文し、高野さんはホットコーヒーを頼んだ。小さな変形テーブルを挟み、二人でたくさん話をした。互いに入社式は終えていたから、話題には困らなかった。僕のスーツ姿を高野さんは褒め、パンツスーツに身を包んだ高野さんに、僕は格好いいと言った。

おそらく三時間ほど滞在し、店を出たときには夜が更けていた。最寄り駅までの道を歩く。途中、桜の木の脇を通り過ぎた。花びらは大半が散り、黄緑色の若葉が開いている。この時季の桜は、時間が倍速で流れているようだ。

「私ね」

「うん」

「辻原さんといると、すごく楽なんだ。あと、楽しい」

高野さんは前を見据えたまま言った。一語一語、丁寧に発音しようと心がけているみたいな口調だった。僕は相槌を打ち、少し考えてから、僕もだよ、と付け足した。

「だったら」

歩行者信号が赤に替わり、二人の足が止まる。僕を振り向いた高野さんの目に揺らぎはなかった。瑞々しい眼球の黒目に、僕の影が映り込んでいる。信号機に近いほうの彼女の耳や顔の輪郭は、赤く染まっていた。

「だったら、私と付き合ってみませんか？」

3

暴風が、手のひらを打つ。

風が止まったところで機械から両手を引き抜き、私はハンカチで残りの水滴を拭(ぬぐ)った。それなりに風力は強いのに、このハンドタオルでは八割程度しか手が乾かない。メイクが崩れていないことを鏡を覗(のぞ)いて確認し、髪の毛を軽く整える。女子トイレを出て、三番会議室の方向に廊下を折れた。

「あ、シオリさん」

廊下の途中で声をかけられた。エレベーターホール脇の自販機が並ぶ休憩スペースに、斉藤(さいとう)さんが立っていた。斉藤さんは私と視線が合うなり目を輝かせ、小走りで近づいてくる。癖っ毛なのか、パーマを当てているのか、ウェーブした茶髪が柔らかく揺れていて、犬みたい、と、とっさに思う。

「僕、このあいだシオリさんが薦められていた辞書を買ったんです。あれ、すごくいいですね。教えてもらってよかったです。ありがとうございました」

「そうですか。お役に立てたならよかったです」

「シオリさんのおかげで助かりましたよ。ああっ、そんなことを言ってたら、こんなところに自販機が。なにか飲みませんか？　お礼にごちそうします。って言っても、百五十円ですけど」

斉藤さんは自分の発言を面白がるように笑い、背後の自販機を指差した。前回、初参加だった斉藤さんが、五十代のコミュニティ代表者に、頼れるお姉さんって感じですね、と言うのを見かけたときから、如才ない人だな、と思っていた。私に飲みものを奢る展開を計算して、休憩スペースで待っていたのだろう。

「お礼なんていただけないですよ。そもそも、みんなでそういう情報を交換するのが、この勉強会の目的ですから」

私は左手を見せつけるように顔の前で振った。私が最近参加しているのは、ネットで知り合った翻訳者と翻訳志望者が集い、仕事の進め方やスキルアップについて学ぶ会で、辞書や翻訳支援ツール、テキストエディタに関する情報もテーマに扱っている。募集欄に〈ハンドルネーム可〉と記載があったため、つい〈シオリ〉で申し込んだけれど、斉藤さんから親しげに呼ばれるたび、頬が引き攣りそうになった。

今日の勉強会は都内のレンタル会議室で開かれ、時間は二時間を予定している。そのあいだに設けられた休憩時間は、十分。トイレで五分は使ったから、残りはあと三分を切っているはず。私は頭の隅ですばやく計算した。

「えー、僕、シオリさんにごちそうしたかったな」

斉藤さんの頰を膨らませるような表情に、自分の顔がかわいいことをよく知ってるな、と思う。斉藤さんは中性的な顔立ちで目が丸く、まあ、私の好みではある。正直に言えば、造形に魅力を感じる十歳下の男の子に好意を持たれること自体は、まんざらでもない。けれどもそれは、私がナチュラルメイクにきれいな服を合わせ、常ににこにこしているからだろう。斉藤さんの私に対する第一声は、モデルさんかと思いました、だった。私がドクロの服を着ていても、同じ台詞を口にしたとは思えない。

「勉強会のあとの食事って、今日もあるんですかね」

「あると思いますよ。終了時間が八時なので、みなさん、お腹が減るみたいです。翻訳は頭を使いますしね」

会社勤めの人も出席できるよう、このコミュニティが不定期に開催している勉強会は、午後六時から八時に時間を設定されることが多い。斉藤さんも仕事帰りらしく、半袖(はんそで)のワイシャツにスーツのズボンを穿(は)いていた。

「シオリさんは、前回はご飯に行かずに帰っちゃいましたよね?」

「はい、予定があったんです」

「今日は行かれますか？　僕、シオリさんともっと話がしたいな。ほら、僕とシオリさんって、専門分野が同じじゃないですか。ＩＴ系の実務翻訳について、もう少し深いことを喋りたいんですよ」

「すみません。今日も予定があるので、勉強会が終わったら失礼しますね」

「もしかして、旦那さんと待ち合わせですか？」

斉藤さんは笑顔で尋ねた。私の左手の指輪に気づいていたらしい。にもかかわらず前のめりな姿勢を崩さないのは、そういう倫理観が緩いのか、それとも、私のことを欲求不満の寂しい人妻だと思っているのか。プライベートを探るような彼の眼差しを、私は正面から受け止めた。

「そうです。夫と食事に行くんです」

「へえ、旦那さんと仲がいいんですね。じゃあ、残念ですけど、またの機会に」

「はい、またの機会に」

私が微笑んだとき、三番会議室から代表者が顔を出し、始めるよー、と手招きした。私と斉藤さんは慌てて席に戻った。

一時間後に勉強会が終わると、私は挨拶もそこそこに、雑談で盛り上がっている会議室をあとにした。電車に乗り、マンションにまっすぐ帰る。部屋に誰もいないことは分かっているから、ただいまは言わない。キッチンの戸棚からカップ麺を取り出し、ヤカンをコンロにセットした。湯が沸くまでのあいだに服を着替える。脱いだブラウスとスカートはソファに放り投げ、昼間も着ていたルームワンピースに袖を通した。リビングダイニングのソファは私の衣服で埋まっていて、今や人がくつろぐことのできないありさまだった。

シンクの前で立ったままカップ麺を食べる。まだ三分経っていなかったみたいだ。麺に芯（しん）がある。湯の温度が低かったのかもしれない。でも、安全に私の胃を満たしてくれるなら、麺が硬くてもスープがぬるくても構わない。わざと音を立てて麺を啜（すす）った。キッチンに、換気扇の音と私の咀嚼（そしゃく）音が響いている。

妊活が強制的に打ち切られてから、私は勉強会に足を運ぶようになった。朱羽子さんとの関係も断ち、時間がすこんと空いたのもあるけれど、今、翻訳業を失ったら、自分を保てなくなる。その恐怖心から、仕事や勉強会の予定を積極的に入れていた。でも、斉藤さんのような人に遭遇すると、かえって心労が募る。思わず口をついて出た、夫と食事に行くんです、という言葉に、私自身が傷ついていた。あのコミュニティが主催する勉強会はしばらく休もうと決め、スープの残りを流しに捨てた。

仕事部屋に入り、パソコンを点（つ）ける。勉強会に出かける直前まで進めていた仕事を再開した。途中、エージェントからメールが届き、確認すると、二日前に提出した訳文に対してクライアントから賞賛の言葉があったという。経験を丁寧に積み重ね、勉強時間を惜しまなければ、翻訳技術は必ず向上する。仕事は妊娠とは違うことを改めて感じた。

日付が変わったところでデータを保存し、パソコンをシャットダウンした。シャワーを浴びるのは面倒で、歯と顔だけ洗い、寝室のベッドに転がる。横向きの体勢でスマホを握り、Instagramのアプリを開いた。検索窓に〈YAMAO〉と入力して、ページにアクセスする。数秒後、山の写真が画面いっぱいに表示された。

このアカウントは、一ヶ月ほど前に発見した。フォロワーは五十五人で、フォローしているアカウントはなし。YAMAOは登山もするらしく、遠くから山を捉えた画像以外にも、山中の様子や山頂からの眺めを撮った写真が投稿されている。キャプションは短く、大抵は一、二文。それに、使用したカメラやレンズの種類などをハッシュタグで載せていた。

〈私も山岳写真を趣味にしています。山は四季折々の表情を見せてくれるから、いいですよね〉

これは、二週間前にYAMAOの写真に寄せられたコメントだ。それに対し、YAMAOはこのように返している。

〈僕はまだ山登りの初心者ですが、頂上から撮った写真は、自分の足で獲得した一枚という感じがして気持ちがいいです。山岳写真のフェアなところに惹かれています〉

スマホの画面を、私は目の奥が痛くなるまで凝視する。

寝つけない夜、私は幾度となく寝返りを打ちながら誠太のことを考える。彼が家を出て行って、半年が経った。私は四月に一人きりで三十五歳の誕生日を迎え、数日前に暦は六月に突入した。

私は誠太のなにを知っていたのだろう。

置き手紙を読んだあと、私は誠太のスマホに何度もメッセージを送り、電話をかけた。けれども既読にすらならず、仕方なく本人以外に行き先を尋ねようとして、私は自分が彼の交友関係を把握していなかったことに気がついた。カメラを通じて仲良くなった、ネットの知人の話は聞いたことがあるけれど、名前も分からない。調べようにも、ITASEのInstagramのアカウントはすでに消えていた。誠太は仕事も急に辞めたらしく、会社に問い合わせても、親しかった同僚はいない、転職の話も聞いていない、突然去られて迷惑していると言われるばかり。手がかりは得られなかった。

腕を伸ばし、誠太の枕に触れる。枕の中央は浅く窪(くぼ)んでいた。少しの着替えとカメラ機材の一部を鞄(かばん)に詰め、彼は私のもとを去った。実家には、おそらく戻っていない。誠太の両親に電話でそれとなく話を聞いたけれど、彼らは今でも私と誠太が一緒に暮らしていると思っていた。私の実家こそ、誠太が顔を出さなくなったことを疑問に感じているみたいだ。美遥からも、久しぶりに三人でランチしようよ、と誘われている。

私はそれを、誠太の仕事が忙しいんだよね、と、ごまかしていた。

誠太と恋人だった五年間は、七年間の結婚生活は、なんだったのだろう。考えはいつもこの疑問に辿り着く。穏やかで温かな眼差し、さりげない気遣い、私のわがままを受け止めてくれる包容力。私は自分の運の大半を、誠太に出会うことに使ったのかもしれないとまで感じていた。

なのに、誠太の愛情は、罪悪感から生まれたものだったのか――。

誠太は出来心で私に惚れ薬を盛り、償いの気持ちから私を支えていた。私のことを、本当はどれくらい好きだったのだろう。愛がまったくなかったとは思わない。そう考えるには、誠太はあまりに優しかった。でも、私が誠太を大切に感じていたほど、私は特別な存在ではなかったのかもしれない。好きだよ、と彼から口にすることは、滅多になかった。

かつてITASEのアカウントに送られていた、〈自分の人生に奥さんを利用しているんですね。こんなのは本当の愛じゃないです〉というダイレクトメッセージが脳裏を過ぎる。〈そうかもしれません〉と誠太は応えていた。

誠太にされたことは、確かに裏切りだ。

私が心底信じていたものを、彼は一瞬で偽物に変えた。いや、もともと石ころだったものを魔術で宝石に見せておきながら、急にその効力を解いたのだ。彼の隣で過ごした十二年間は鮮やかさを失い、脳には飲食物に異物混入を疑う思考回路を植えつけられ、私は今、食事に不自由している。一口ぶんを飲み込むのにどうしても時間がかかり、気を遣われたり怪しまれたりするかもしれないと思うと、誰かとご飯を食べに行くことが億劫（おっくう）になった。

それでも、誠太のことを上手く恨めない。

離婚届は、まだ提出していない。結婚指輪も外していない。

「いらっしゃい。来てくれてありがとね。散らかってるけど、上がって」

焦げ茶色のドアが開き、衿子が頬が削（そ）がれたように見える顔を覗かせた途端、甘酒に似た匂いが鼻先をかすめた。あ、これは。二十代前半で出産した、高校時代の友だちに会いに行ったときの記憶がよみがえる。お邪魔します、と杏奈と声を合わせ、後藤家に足を踏み入れた。

「やっぱり一軒家って広いねえ」

「天井が高いよね」

「あときれい」

「これで本当に築十五年なの？」

上がり框（がまち）に並んだスリッパに足先を差し込み、私は壁や天井に目を向けた。クロスは真っ白で、よれも隙間もない。新築同然に思えた。

「リフォーム済みだからね」

私と杏奈の感想に、衿子が笑顔で頷く。やっぱり少し痩せたようだ。三人で会うのは、衿子が私たちに妊娠を報告したあの飲み会以来だった。〈子どもが生まれる前にもう一度集まりたいね〉とLINEでは話していたけれど、肝心の衿子が結婚に引っ越し、出産と忙しく、なかなか都合がつかなかった。

「こっちがリビングね」

衿子がデザインガラスの嵌め込まれたドアを引く。ダイニングと間続きのリビングは、明るい色調でまとめられているからか、入った瞬間、視界が開けたように感じた。ベージュのソファの下には白いカーペットが敷かれ、テレビ台やダイニングテーブルの素材は無垢だ。レースのカーテンの向こうに庭が透けている。芝生の緑が壁に掛かった絵のように見えた。

「わあ、素敵」

杏奈が歓声を上げた。と同時に、カーペットの隅に置かれた、小さなマットレスに気づいたようだ。口がすばやく閉ざされる。マットレスの中央には、バンザイの体勢で眠る赤ちゃんがいた。甘酒に似た匂いは、間違いなくあそこが発生源だった。

「ごめん。桔平くん、お昼寝中だったんだね」

杏奈が小声で言った。

「そろそろ起きる時間だから、気にしないで」

衿子は鷹揚(おうよう)に笑った。私と杏奈は荷物をソファの脇に置かせてもらい、手洗いとうがいを済ませてから、改めて桔平くんの顔を覗き込んだ。桔平くんは予定日を超過して生まれ、大変な出産だったと聞いている。髪の毛は、まだほとんど生えていない。額や頬はなめらかで、口はヒヨコのように尖(とが)っていた。

「かわいいねえ。衿子似かな」

「四ヶ月って、こんなに小さいんだね」

美遥を除き、これほど低月齢の赤ちゃんを間近で見るのは初めてだ。儚(はかな)さに胸が苦しくなる。この子を授かったと告げられたあと、自分が衿子に激しく嫉妬(しっと)したことを思い出した。私は赤ちゃんがほしかった。すごくすごくほしかった。でも、私がもっと柔軟に、夫婦二人で生きる道を選択肢に加えていたら、誠太は家を出て行かなかったかもしれない。僕以外の人と結婚していたら、自分にも子どもがいたかもしれないって考えたことはある？　と誠太に訊(き)かれたときのことが、頭の片隅にこびりついていた。

桔平くんの眉根(まゆね)が寄った。吐息と泣き声の入り混じった音が唇の隙間から漏れる。起きるのかな、とドキドキしていると、瞬く間に皺(しわ)は消え、もとのつるんとした顔に戻った。

「桔平のことは、桔平が起きたら構ってくれればいいよ。とりあえず、ご飯にしよう」

衿子が言った。気がつくとダイニングテーブルには、皿や箸が準備されていた。今日は午後二時に集合し、遅めの昼食兼早めの夕食をのんびり食べる予定だった。私も家で作ったサンドウィッチをテーブルに並べる。辻原さんのお手製？　と杏奈に訊かれ、今回は私、と答えた。誠太がいなくなったことは、まだ誰にも話していない。二人に打ち明けるかどうか、今日顔を合わせることが決まってから、ずっと迷っていた。

「また辻原さんの煮込みハンバーグも食べたいなあ」

歌うように言いながら、杏奈はデパ地下で買ってきたというオードブルセットを広げた。衿子はサラダを作り、ラザニアを焼いていた。チーズの香ばしい匂いが部屋に満ちていく。私に遠慮しないでね、と衿子はお酒も用意してくれていたけれど、三人揃ってノンアルコールのワインで乾杯した。

「遅くなったけど、衿子、出産、お疲れさまでした」

「新居もおめでとう」

「二人とも、ありがとう」

栓が開くところを目の前で見ていたからか、ワインを嚥下するのに抵抗はなかった。ほっとして一気に半分ほど飲む。食が進まないことを衿子たちに悟られないよう、とりあえずサンドウィッチを皿に取った。二人が作ったり買ったりした料理に異物を混入したかもしれないと、私も本気で疑っているわけではない。でも、安全を百パーセント信じられないからには、自分で作ったものを選ぶしかなかった。

「ラザニアを作るの、大変だったんじゃない？」

「ホワイトソースは市販の缶を使ったから、杏奈が思ってるほど手間ではないよ。それより、ちゃんと中まで熱が入ってる？　ぬるくない？」

「ううん、熱々で美味しい」

「よかった」

「あっ、そうだ」

　ラザニアから話をそらそうと、私は勢いよく立ち上がり、ソファ脇に置いていた紙袋を手に取った。私と杏奈からの出産祝いでーす、と衿子に差し出す。中身の紺色のポンチョに、衿子は私たちが驚くほど喜んだ。そこから話題は衿子の結婚と出産に移った。衿子がこの一年のことを怒濤の勢いで喋り出す。両家顔合わせの場所探しに、後藤さんが非協力的だったこと。家を買うにあたり、双方の親から口を挟まれて面倒くさかったこと。衿子が頼まなければ、後藤さんは家事も育児もやろうとしないこと。寝不足が辛く、とても仕事に復帰するどころではないこと――。

「知らなかった。大変だったんだね」

「LINEで愚痴を吐く気力もなかったからね」

衿子の体重が落ちたように見えたのは、育児疲れだけが原因ではなかったようだ。一方的に文句を吐き出したことに後ろめたさを覚えたのか、まあ、頼めばやってくれるだけ由孝はましだよ、と衿子が付け加える。えっ、桔平くんは後藤さんと衿子の子どもだよね？　全然ましじゃなくない？　と杏奈は乱暴な動きでグラスを呷った。

「私、結婚して、辻原さんのすばらしさを再認識したよ。当たり前のように家のことをやってくれて、その仕上がりに不備がないだなんて、つくづく完璧な旦那だと思う」

「あ……うん」

サンドウィッチを食べようとしていた手が止まった。誠太のことを二人に告げるなら、今だ。でも、彼が戻ってくる可能性が少しでもあるなら、このまま黙っていたほうがいい。大事にしたくない。ただ、誠太が私のもとに帰ってくる、そんなことが本当に起こるだろうか。この半年間、誠太からは一度も連絡がなかった。そもそも自分は、彼とどうなりたいのだろう。よりを戻したいのか、いずれは別れるつもりなのか。ハムサンドの先端を齧る。二人の好みに合わせてマスタードを多めに塗ったはずなのに、辛さは感じなかった。

「そうだ。辻原さんって、インスタのアカウントを変えた？　気づいたらフォローが外れてて、ITASEで検索したんだけど、それっぽいのが見つからないんだよねえ」

杏奈の視線はまっすぐだった。私と誠太の仲がこじれたなどとは、微塵も思っていないようだ。もし私が誠太の失踪を報告すれば、衿子と杏奈は大きなショックを受けるだろう。やっぱり話すのはやめよう。二人に、特に衿子に余計な心配はかけたくない。ＩＴＡＳＥのInstagramはリニューアル中だと答えようとしたとき、ソファの裏手で、ほぎゃあ、と泣き声が上がった。

「あ、起きた」

衿子がすばやく起立する。桔平くんを抱きかかえ、上半身を揺らすさまがすっかり板についていた。ああ、衿子は本当にお母さんになったんだ、と思った。

「この子、お腹が空いたんだと思う。ミルクを用意してくるから、よかったら抱っこしてくれる？」

「いいの？」

杏奈が目を輝かせた。万が一にも落下させないよう、杏奈はカーペットに正座して、意外にも慣れた手つきで桔平くんを受け取った。訊けば、今年の正月に従姉妹の子どもを散々抱っこしたらしい。やっぱり一歳児とは全然違うね、小っちゃいし軽いし、力が弱い、と杏奈が愛おしげに目を細める。そのあいだも、桔平くんは顔を真っ赤にして泣いていた。

「はい、次は志織の番ね」

体のいい断り文句を探しているあいだに、桔平くんを押し当てられていた。反射的に腕を輪にして受け止める。熱い。真っ先にそう思った。腕の中で命が燃えているみたいだ。強くつむられた目の端から、透明な涙がこぼれている。桔平くんはおそらく全身全霊で泣いているのに、うるさいとは感じなかった。

「大丈夫だよぉ。ママは今、ミルクを作ってるからねえ」

杏奈が横から声をかける。私も桔平くんをあやさなければ。でも、口が動かない。

私がこうして赤ちゃんを腕に抱くときは、隣に誠太がいるものと思っていた。なのに、いない。私はどこで道を間違えたのだろう。クリニックを二度目に変更したときか、妊娠ジンクスを試そうと思いついたときか。それとも、朱羽子さんのもとに通うことを決めたときか。いずれも誠太が受け入れてくれたことは覚えているけれど、彼の細かい反応までは思い出せなかった。

でも、私が妊活を諦め、以前みたいな穏やかな生活が死ぬまで続いたとして、誠太にとって、それは幸せと言えたのだろうか。彼は惚れ薬を盛った責任を果たすため、私のそばにいることを引き受けた。心の底では、罪から解放されることを願っていたのかもしれない。それに、私自身は？　なにも知らずに甘やかな魔術にかかっていたかったと言い切れる？　本当に？

「私は――」

「ミルクできたよ……って、志織？　どうしたの？」

　桔平くんに落ちないよう、涙を堪えているのも限界だった。哺乳瓶を片手に現れた衿子に桔平くんを返し、私はその場で脚を抱えた。ひぐうっ、と喉が大きな音を立てる。こうなると嗚咽は止まらない。私は顔を膝のあいだに埋め、吠えるように泣いた。

「志織、大丈夫？　落ち着いて。ね？」

「私と杏奈でよければ、いくらでも話を聞くから」

　衿子と杏奈の手が私の肩や腕を優しく擦る。桔平くんの声は、いつの間にか聞こえなくなっていた。これほど大量の涙を流すのは前回が思い出せないほど久しぶりで、誠太がいなくなってからもまともに泣いていなかったことに気づいた瞬間、私の喉はいっそう強く痙攣した。

　衿子と杏奈は短い相槌を重ねるだけで、私の話を質問やアドバイスで遮ったり、大袈裟な表情で自分の感情を伝えたりするようなことはしなかった。私は崩れたメイクを衿子からもらったクレンジングシートで落としたあと、二人に誠太のことを打ち明けた。実は私たち夫婦は、約三年前から不妊治療を受けていたこと。生理が来るたび荒れる私を、彼は辛抱強く支えていたこと。ところがある日突然、手紙と記入済みの離婚届を残して、家を出て行ったこと――。

「半年経った今も、どうしたらいいのか分からないんだよね」

私は息を吐き、グラスに残っていたノンアルコールワインを飲み干した。私が身体を動かしたことで、衿子と杏奈の緊張も和らいだようだ。二人は堪えていた衝動を解き放つように、

「ごめんっ」

と顔の前で手を合わせた。

「私、志織が不妊で悩んでたなんて、全然知らなかった。桔平のことで嫌な気持ちにさせてたよね」

「私も志織を傷つけることをいっぱい言ったような気がする。子どもだけは産んでおいたほうがいいって周りからアドバイスされるたびにうんざりしてたのに、私も志織に同じことをしてた」

「私が黙ってたんだから、しょうがないよ」

衿子と杏奈は唇を尖らせるように口角を下げ、ごめんね、と目を潤ませた。コミカルにも見える二人の面持ちに、もっと早く言えばよかった、と思う。どうして付き合いの長い友だちに、ときに嘘を吐いてまで、赤ちゃんができないことを隠していたのだろう。気を遣わせたくないという配慮以上に、意固地になっていた心の領域があるような気がした。

「それで、えっと、つまり、辻原さんは身を引いたってことなの？　志織が次の人とのあいだに子どもを作れるように」

「だと思う」

　衿子の質問に、私は首を短く縦に振った。衿子と杏奈にも、さすがに惚れ薬のことは伏せていた。二人が顔を引き攣らせる光景が想像できる。長年、誠太のパートナーだった私ですら、手紙を読んだときには失笑したのだ。惚れ薬のことを告げるのは、中学生が秘密裏にしたためた詩を無断で掲示板に張り出すような行為だと思った。

「でも、志織は離婚届をまだ出してないんだよね？」

「うん」

「だよねえ。突然別れを切り出されても、気持ちの整理がつかないよ」

　杏奈がテーブルに頬杖をつき、実感のこもった声でぼやく。まあね、と応じた衿子はワインボトルを手に腰を浮かせた。私と杏奈のグラスにおかわりを注ごうとしているらしい。けれども、片腕に桔平くんを抱いているから動きが危うく、私は慌ててその役割を引き受けた。濃い紫の液体がグラスの中で揺れる。ノンアルコールのワインなんてぶどうジュースみたいなものだろうと思っていたのに、きちんと渋みがあった。

「しかも、話し合おうにも、辻原さんの居所が分からないんだもんねえ」

「それは、分かったの」

「えっ」

衿子と杏奈の声が揃った。

「この人が本当に誠太かどうか、まだ確証はないんだけど」

ポケットからスマホを取り出し、Instagram を開いた。検索窓にＹＡＭＡＯの名前を入力する。私はＹＡＭＡＯをフォローしていないため、このユーザーのページを見るには、いちいち検索する必要があった。山の写真が並ぶ液晶画面を確認した衿子が、どうやってここに辿り着いたの？　と尋ねる。私は躊躇いつつも、誠太が愛用しているカメラの機種名で、夜ごとハッシュタグ検索を繰り返していたのだと答えた。

「へえ。カメラの種類なんて、よく覚えてたね」

「同じカメラを使ってる人はたくさんいるんだけど、この人の写真は本当に誠太に似てるの。もちろん、人と山とでは被写体が違うから、今までの写真と単純には比較できないんだけど……。それに、一枚目の写真がアップされたのが一ヶ月前で、アカウント自体が最近開設されたような気がする」

「すごい。志織、探偵みたい」

杏奈が拍手した。私は怖がられなかったことに安堵する。誠太に対する執着心の強さに、自分自身も戸惑いを感じていたのだ。間違いないよ、この人は絶対に辻原さんだね、と、はしゃぐ杏奈とは対照的に、衿子はぐずる桔平くんをあやしながら、私のスマホにまだ鋭い視線を向けていた。タップしたりスワイプしたり、ＹＡＭＡＯの写真をいやに丁寧に検めている。

　数十秒後、衿子が低い声で呟いた。

「この人が撮ってるの、全部群馬の山だね」

「そうなの」

　私も重々しく顎を引いた。ＹＡＭＡＯの写真には、山の名前もハッシュタグで記載されていた。

「あっ、辻原さんの地元って、群馬だったよね？　ってことは、実家に帰ってるんだ」

「ううん。おじいちゃんとおばあちゃんの家で暮らしてるんだと思う。空き家だったところに住み着いたんじゃないかな」

　衿子と杏奈が顔を見合わせた。私は誠太が幼少期に、祖父母の家に預けられていたことを説明した。併せて、誠太と実家の、微妙によそよそしい関係についても話す。特に義母は、誠太との接し方に迷っていたようだ。私たち夫婦と顔を合わせるとき、義母は必ず私に誠太の仕事や健康のことを尋ねた。誠太がその場にいないタイミングを見計らって、あの子は志織さんの前ではどんな感じなの？　と訊くこともあった。

「ああ、辻原さんのお母さんは、実母じゃなくて姑に子どもを預けたんだ。自分がよっぽど姑のことを好きじゃないと、我が子がおばあちゃんに懐くっていうのはきついかもしれないね」

　衿子がうめいた。

「とにかく、そのおじいちゃんとおばあちゃんの家に行けば、辻原さんに会えるってことだよね？」

「……たぶん」

「志織は会いたくないの？」

　私は杏奈の問いに言葉を詰まらせた。その問いは、ＹＡＭＡＯの写真を眺めながら、すでに数え切れないほど自分に向けている。桔平くんの不満そうな声が響いた。おしっこかな、と衿子が席を立ち、桔平くんをリビングのソファに寝かせる。オムツを交換してもらうと、桔平くんはたちまち大人しくなった。

「分からないの、本当に。自分が会いたいのか、会いたくないのかも」

　私はやっとの思いで口にした。

「ここまで連絡がないってことは、誠太の中では別れる決心が完璧についてるんだよ。そういう人に会いに行くのって――」

　意味があるのかな、と続けようとしたとき、ソファで桔平くんの頭を撫でていた衿子が、怖いよね、と言葉を重ねた。私は意味を深く考えるよりも先に頷き、それから、自分が本当に恐れを感じていたことに気づく。よりを戻すつもりがないのなら、誠太は訪ねてきた私を冷淡に拒むかもしれない。すでに新しい恋人がいる可能性だってある。ストーカー扱いされないとも限らない。そういう状況を想像すると、穴に落ちた瞬間のように胸の奥がひやりとした。

「誠太が会ってくれなかったらどうしよう」

思えば私は、自分に告白してくれた人とばかり付き合ってきた。私から交際を申し込んだ相手は、誠太が初めてだ。それも、勝算がゼロだったわけではない。誠太が私を恋愛対象として意識しているかは分からなかったけれど、当時の彼にとって、もっとも親しい女子は自分だろうという自負があった。お試しで構わないというニュアンスを含ませれば、受け入れられるに違いないと踏んでいたのだ。見込みのない片思いは、日本人学校に通っていたころまで記憶を遡らなければ思い当たらなかった。

結局、自分に好意があるか分からない相手と向き合うことが、私はいまだに怖いのだ。

「うーん、今までの辻原さんのことを考えると、志織を追い返すような真似はしないと思うけどなあ」

言うなり、杏奈はサンドウィッチに手を伸ばした。キュウリとチーズのサンドウィッチを大口で頰張り、マスタードが利いてる、と嬉しそうに笑う。彼女の食べっぷりに誘われ、私もオードブルセットにあったマリネを皿によそった。ざく切りの完熟トマトが、オリーブオイルに濡れて光っている。美味しそう、と率直に思った。

「ねえ」

トマトを口に含み、咀嚼した。喋って疲れた喉に爽やかな酸味が染みる。

「誠太って、どんな人だった？」

私の問いに、衿子と杏奈はふたたび顔を見合わせた。二人の視線には、困惑が混じっていた。私はさらに一口マリネを食べると、

「二人には誠太がどんな人に見えてたのか、知りたいなあと思って」

と、なるべく明るい声音で言った。

「辻原さんかあ」

衿子が桔平くんを抱っこして立ち上がった。

「考えてみると、私と杏奈が辻原さんと顔を合わせる機会って、意外と少なかったよね。もちろん、トヨ丸時代はしょっちゅう会ってたけど、仕事以外で口を利くことって、ほとんどなかったし」

「不思議な人だよね。人見知りっぽくはないのに口数が少なくて、なにを考えてるのか分からなかった。だから、辻原さんと付き合い始めたって志織に言われたときは、本当にびっくりしたよ」

「そうそう。前も言ったとおり、志織が辻原さんに惹かれたのにも驚いたけど、それ

以上に、辻原さんにも恋愛感情があったんだ、みたいな」

　そう言うと、衿子は桔平くんをマットレスに寝かせた。泣き出すかと思ったけれど、胃が満たされ、オムツも替えてもらった桔平くんは機嫌がいいようだ。あうあう、と声を発しつつ、自分の手を舐める。ああやって自分の手を少しずつ認識してるんだって、と衿子が説明した。

「志織と一緒にいるときの辻原さんは、どういう感じだったの？」

　杏奈の問いに、感情をあまり表に出さなくて、言葉数が少なくて、考えていることが分かりづらくて、でも優しくて、と、いくつかの答えが頭に浮かんだ。それらが衿子や杏奈の印象と変わらないことに愕然とする。十二年間、誠太の一番近くにいたのに、私はなにを見ていたのだろう。なにを話していたのだろう。ふいに誠太の記憶が揺らいだ。誠太のことが分からないのは、私が理解を怠っていたからなのか。誠太が悩んでいたこと、離婚を考えていたことに気づかないのも当たり前だ。私は額をがりがりと掻いた。

「あ、辻原さんのことなら、あの人に話を聞いてみたらいいんじゃない？」

　杏奈が指揮者のように指を振りながら言った。

「あの人って？」

「ほら、トヨ丸のキッチンで辻原さんと仲が良くて、ちょっと変わった――」

口にすると同時に、妙に人懐っこく、とても年上には見えなかった滝本さんの言動の数々が思い出された。うわあ、懐かしい、と衿子も目を見開いた。

「そう、滝本さん。辻原さんとよく喋ってたし、なにか知ってるかも」

「でも、連絡先が分からないんだよね」

私はアドレス帳や友だちリストをこまめに整理するほうで、一度ライブを観に行っただけの滝本さんの連絡先は、十年以上前に消去していた。

「言ってなかったっけ？　私の友だちの友だちでバンドをやってる人が、滝本さんと知り合いらしいんだよね。三年前、その人のライブに滝本さんも来てたの」

「聞いてない。そんなことがあったんだ」

「ちらっと姿を見ただけで、本人とは喋ってないよ。でも、その伝手を辿れば、滝本さんとまた繋がれると思う。友だちにLINEしてみるね」

私が返事をするより早く、杏奈はスマホに文字を入力した。実のところ、滝本さんに期待はできない。誠太と滝本さんは周囲が思っているほど親しい間柄ではなく、誠太がトヨ丸を卒業したあとは、一度も会っていなかった。それでも杏奈を制しなかったのは、彼女の厚意に水を差したくなかったのと、なんでもいい、どんなことでもいいから、誠太を解釈するためのヒントを得たかったからだった。

「んー、いつもは即行で既読がつくんだけど……。その子から返事があったら、すぐに知らせるね」

「助かる」

　私は笑顔で頷いた。

「私ね、少しびっくりしてる」

　衿子はここで言葉を句切り、テーブル横の出窓から庭を見つめた。六畳ほどの芝生には、まだなにもない。これから屋外用の椅子を並べたり、滑り台を置いたりするのだろうか。夏、強い日差しの下、小さな男の子がビニールプールではしゃぐ姿が見えるようだ。

「志織が辻原さんのことを好きなのはもちろん分かってたけど、それって、なんていうか、辻原さんがパートナーとして理想的な人だからだと思ってた。自分を助けてくれる上に嫌な思いもさせないから、辻原さんのことが好きなのかなって」

　私は相槌を打つことができなかった。

「でも、違ったんだね。あの見切りの早い志織が、自分を苦しめてる人のことでこんなにも悩むなんてね」

「ああ……」

　喉の奥からひしゃげたような声が漏れた。誠太の前に交際していた四人のことが、唐突に思い起こされる。初めての恋人は、キスのことをチュウと言ったのが許せなかった。二番目の恋人は、彼が店員に横柄な態度を取ったことで好意が冷めた。三番目の恋人は、この人とデートするより友だちと遊ぶほうが百倍楽しいと感じた。そんな些細(ささい)な理由から、私は彼らに別れを切り出し、泣いて拒否されても撤回しなかった。恋愛関係というのは、片方が継続の意思を失ったところで終わりだと思っていた。

あの日、トヨ丸に現れた健太朗は、私に会うためにどれほどの勇気を振り絞ったのだろう。彼と別れたことに後悔はなくても、終わりにする方法は間違っていた。私は彼ともっと話をするべきだった。分かり合えないことに絶望するまで、言葉を尽くさなければならなかったのだ。対話もなく、突然誠太に放り出された今の私は、あのときの健太朗だと思った。

「あ、返信が来たっ」

杏奈が興奮の詰まった指先でスマホを操作した。けれどもその動きは、瞬く間に鈍くなった。

「だめだあ。さっそく滝本さんと知り合いの友だちに訊いてくれたみたいなんだけど、その人も滝本さんの連絡先は知らないって」

「そっか」

「ごめんねえ」

「全然いいって。気にしないでよ」

　私はグラスに口をつけた。

「とりあえず、今は食べて飲もうよ。玄関で顔を見たときに思ったけど、志織、ちょっと痩せたんじゃない？　今、ラザニアを温め直すから、もっと食べてよ」

　衿子が言った。どうやら私たちは、互いに相手が痩せたことを心配していたらしい。よみがえったチーズの匂いとぐつぐつ揺れる表面に釣られ、私はラザニアを取り皿に盛った。息を吹きかけ、口に含む。その瞬間、いつの間にか、誠太がいたころと同じように食事を摂れていることに気づいた。

「美味しい……」

「よかった。体力が落ちると、悪い想像しかできなくなるからね」

　あっという間に皿を空にして、おかわりをよそう。トマトのマリネも追加した。久しぶりに、心の底から食べものを美味しいと感じていた。

「衿子、杏奈」

「なに？」

「どうしたの？」

「話を聞いてくれて、ありがとね」

　衿子と杏奈が目を赤くして、首を振る。二人に打ち明けてよかった。二人が友だちでよかった。私はしみじみと思い、窓の外に目を向ける。水色の空はまだ高く、雲には厚みがある。夏の盛りが近づいている。

翌日、想定していたよりも仕事が早く片づき、夕方から出かけることにした。今のマンションを購入するまで住んでいたところを見に行きたくなったのだ。財布とスマホとキーケースを小ぶりの鞄に詰め、電車に乗る。仕事帰りか移動中か、スーツを着た数人の男の人と同じ車両に乗り合わせ、彼らのくたびれた表情に、帰宅直後の誠太の面影を見出（みいだ）しそうになった。

クリーム色のマンションは、記憶と変わらない姿でそこにあった。エントランスの植木もあのころのままだ。私と誠太はこのマンションの三〇一号室で、婚姻届を提出したあとの二年間を過ごした。いわゆる新婚時代が詰まった場所のはずだけれど、甘い思い出はほとんど想起されない。私が新卒で入ったシステムインテグレーターを辞め、翻訳者に転職したのは、ここに暮らしていたときだった。慣れない仕事に大わらわで、常に疲れていた。

いつだったか、私の誤訳に上司が腹を立て、頭がまともな人間ならこんなミスはしないと怒られたことがある。さすがに落ち込み、その週末、私は誠太の肩に頭を預けて、前の仕事に戻ろうかな、と愚痴を吐いた。本気で辞めたかったのではなく、志織なら乗り越えられると元気づけてほしかったのだ。けれども誠太は、おもむろに自分のスマホを掴むと、無言で操作を始めた。画面をタップする彼の目は、それまでに見たことがないほど据わっていた。

「どうしたの？　なにしてるの？」

「なにって、志織の会社にメールしようと思って」

「えっ、なんで？」

「ミスの内容にかかわらず、相手の人格を否定するような怒り方はおかしい。とても許せないよ」

私は慌てて誠太の手を押さえつけ、そこまで気にしてないから大丈夫、と訴えた。でも、と渋る誠太を納得させるのは大変だった。不妊治療を優先するためにフリーになりたいと相談したとき、彼が即答で賛成したのは、あの上司にずっと腹を立てていたからではないか。今更ながらにはっとした。

ふたたび電車に乗った。今度は結婚前に住んでいた街に向かう。大学を卒業してから誠太と夫婦になるまで、約五年間、一人暮らしをしていたところだ。駅に着くなり懐かしさに息が乱れた。好きだったイタリアンの店はあそこで、誠太がクリームパンを気に入っていたパン屋は、あそこ。通りを歩きながら思い出す。私は誠太に喜んでほしくて、冷凍庫にクリームパンをストックしていた。あの角にあるコンビニは、二人で数えられないほど利用した。誠太が料理中に指を切った際に、私が絆創膏を求めて駆け込んだこともあった。

数分後、赤茶色のマンションに辿り着いた。二〇三号室の窓を見上げる。社会人になりたてかつ誠太と付き合い始めたばかりという、人生屈指の濃厚な日々を過ごした場所だからか、動悸が治まらない。私が翻訳学校に入学してからは、外でデートをする心と時間の余裕がなくなり、誠太にこのマンションまで来てもらうことが増えた。そうだ、誠太の趣味が写真だと知ったのも、ここに住んでいたときだった。私が課題に取り組んでいる隣で、誠太はカメラをいじったりカメラ雑誌を読んだりしていた。

そういえば、勉強中に横顔を撮られたことがある。すっぴんなんだけど、と私が抗議すると、ごめん、すごくきれいだったから、と誠太は眉尻を下げた。課題に行き詰まり苛立っていた私は、髪の毛もぼさぼさだし、きれいなわけがない、と反論した。すると誠太は、勝手に写真を撮ったのは悪かったけど、僕がきれいだと思ったことまで否定されたくない、と言い返した。だから、撮らずにいられなかったんだよ、と。

私は道の端で目をつむった。どうして誠太を感情の起伏が淡い人のように捉えていたのだろう。私が買ってきたモンブランを頬張るなり、目が丸くなったこと。お笑い芸人が子ども番組で披露したギャグに、口もとがほころんでいたこと。嫌な夢を見た、とベッドの上で顔をしかめていたこと。誠太は私にいろんな表情を見せてくれた。それらを拾い集めながら、行きとは違う道で駅に戻った。

　途中、小さな公園の横を通った。色褪(いろあ)せたベンチを目にしたとき、誠太と並んでそこに座ったときの記憶がよみがえった。恋人になって一年が経つか経たないかくらいのころで、あの日、私たちは映画館に出かけていた。けれども、チケット売り場で中学時代のクラスメイトを見かけた私が帰りたいと言い出して、二人でマンションに引き返したのだった。

　誠太は私の体調を案ずる以外の質問を口にしなかった。急に黙り込んだ私に、むっとするような素振りも見せなかった。そのことがかえって心苦しく、私は彼らから受けた仕打ちについて、誠太に話してみようと思った。私がどんなに惨めな過去を抱えていても、誠太の私に対する思いは変わらない。この人はなにがあっても、私を見下したり哀れんだりはしないだろう。そう思えたことで、両手で必死に押さえてきた記憶の蓋(ふた)から力を緩められるような気がした。

「実はさっき、映画館でね」

　私は切り出した。中学生のときにクラスメイトの玩具(おもちゃ)になっていたことを人に話すのは初めてで、時系列は乱れ、言葉は何度も舌先に絡まった。視線の置き場に困り、地面の蟻を凝視していたことを覚えている。まあ、もう八年以上昔のことなんだけど、と私が話をまとめて振り向くと、誠太は声を出さずに泣いていた。頬を伝う二本の透明な筋を見たとき、私はこの人と死ぬまで一緒にいたいと思った。
この人と死ぬまで一緒にいたいと思ったのだ。

杏奈からLINEに、〈この人、滝本さんじゃない？〉とInstagramのURLが送られてきたのは、私が誠太の思い出を辿った三日後だった。タップしてリンクを開くと、それは〈Ｆｕｍｉｏ　Ｔａｋｉｍｏｔｏ〉という人物のアカウントで、私は彼の下の名前が文生（ふみお）だったことを思い出した。Ｔａｋｉｍｏｔｏのプロフィール欄にあった生まれ年は私より三年早く、これも滝本さんの年齢と合致する。生まれ年のあとには、〈音楽ライターやってます〉と書かれていた。

すぐにダイレクトメッセージを送った。誠太に会いにいくことはすでに決めていたけれど、トヨ丸時代の彼を知りたいという気持ちは薄れていなかった。滝本さんはおそらく、私と誠太が付き合い始めたことすら知らない。私たちの軌跡を長々と記すのも気が引けて、〈諸事情がありまして、トヨ丸時代の話を聞かせていただけたら嬉しいです〉と書いた。

一週間後、都内のカフェで落ち合った。最初は電話でも構わないと思っていたけれど、訊きたいことが漠然としていて、直接会ったほうが滝本さんの手を煩わせないような気がしたのだ。満席だった場合に備え、当日は約束の時間の二十分前に店の前に着いた。けれども、私は中に入った途端に、高野さんっ、と旧姓を呼ばれた。

「滝本さん、お久しぶりです」

早足で窓際の席に近づいた。瘦身の男の人が立ち上がり、いやー、まじで久しぶりっすね、と首を上下に振りながら笑う。あのころと同じ仕草に、ああ、滝本さんだ、と思った。髪の毛は減り、肌も水気が抜けているのに、きらきらした黒目は変わらない。あ、すみません、と滝本さんがテーブルに広げていたノートパソコンを片づける。

私は椅子に腰を下ろし、

「お仕事ですか？」

と尋ねた。

「えっと、席取りがてら早く来たんすよ。で、せっかくなので原稿を」

滝本さんは照れたように視線を泳がせた。

「私がお願いしたのに、お待たせしてすみません」

「いや、ちょうど進めたい仕事があったんで」

「滝本さんは、今は音楽ライターをされてるんですね」

水とおしぼりを運んできた店員にアイスコーヒーを頼んだ。妊活をやめてからは、ジャンクフードもカフェインも自由に摂取している。仕事の締め切りが迫っているときには、一日に十杯近くコーヒーを飲むこともあった。

「知り合いが出版社の人を紹介してくれて、もう七、八年になるんすかね。これだけでは食っていけないんで、バイトと掛け持ちしてますけど」

「バンド活動もまだされてるんですか？」

「高野さんが観に来てくれたバビルサズは十年前に解散して、そのあと組んだバンドも七年前に辞めました。メンバーがみんな三十歳を越えて、音楽を続けられなくなっちゃったんすよね」

滝本さんは寂しげに目を細めると、残り少ないオレンジジュースに口をつけた。私のアイスコーヒーが届いたタイミングで、滝本さんはおかわりを注文する。私が指定したこのカフェは高級路線のチェーン系で、お客さんの年齢層が高い。さざ波のような話し声が、BGMのジャズに溶けていくのを感じた。

「でも、高野さんが英訳してくれたあの曲は、めちゃくちゃ評判がよくて、次のバンドでも人気だったんすよ。その節はありがとうございました」

「求めよ、たとえ与えられなくても、求めよ、肉体が朽ち果てるまで。すごい歌詞でしたよね」

「うっわ、まだ覚えてるんすか？」

「サビだけですけど」

思えばあれが、私にとって翻訳の初仕事だった。金額は、今の基準では考えられないほど低かったけれど、滝本さんは現金で支払ってくれた。滝本さんにライター職を紹介した人の気持ちが、私にはよく分かる。滝本さんは人の能力に敬意を惜しまない。ちゃんとお金を取らなきゃだめっすよ、と言われたことは、当時、友人の英語の課題を無償で引き受けていた私には新鮮な経験で、自分なりに全力で翻訳に取り組んだ覚えがあった。

「求めよ、さらば与えられんって、きれいごとですよね」

私はアイスコーヒーのストローを咥（くわ）えた。婦人体温計の数字に一喜一憂していたときのことをつい振り返っていた。私は人工授精にしか進まなかったけれど、体外受精や顕微授精に取り組んだにもかかわらず、求めている結果を得られない人が、世の中には大勢いる。強い望みが、費やした努力が、実りをもたらさない。あの荒野みたいな世界のことを考えると、求めよ、さらば与えられんというのは、耳触りがいいだけの言葉のように思えた。

「俺はその言葉を、自分から積極的に行動すれば、願いは必ず叶（かな）う、みたいなニュアンスで捉えてたけど、本当は違うんすよね？」

「あ、そうです。もとは新約聖書の言葉なので……。求めるっていうのは、神にひたすら祈りを捧（ささ）げることで、与えられるものは信仰ですね。確か、そんなふうに解釈されていたはずです」

私もこの国で広く捉えられているほうの意味で考えてしまったけれど、本来は違う。宗教が身近でない国に生まれ育った人間には理解しづらい言葉なのだ。私の説明に、滝本さんは、んー、と首を傾げた。

「でも、真剣に関わることで相手を信じられるようになるっていうのは、夢とか人間同士にも通用するんじゃないっすか？　俺が音楽は最高だって信じられるのも、本気で取り組んでた時期があるからだと思うんすよ。最高だって信じられるから、演者でいることにこだわらずにいられるんすよね。もしかしたら、ずれたこと言ってるかもしれないっすけど」

滝本さんが顎を掻く。お待たせいたしました、と店員が彼の前に新しいオレンジジュースを置いた。一昔めいた重厚な内装に囲まれて、グラスの中のオレンジ色を鮮烈に感じる。滝本さんがグラスを持つと同時に氷が鳴り、私はその音で目が覚めたように、今日ここに来た目的を思い出した。

「あの、滝本さんに声をかけたのは、トヨ丸時代の話を聞きたかったからなんですけど……。えっと、辻原誠太のことって、覚えてますか？」

「もちろんっす。俺、辻原さんにはかなり世話になったんで」

ふいに緊張が高まり、私はおしぼりで手のひらを拭いた。

「実は私、八年前に辻原さんと結婚したんです」

正面から滝本さんを見つめる。さぞ驚かれるだろうと思っていた。衿子や杏奈、圭介や寿史に交際を報告したときのように、質問攻めに遭うだろう、と。どんな流れでそういうことになったのか、誠太のどこに惹かれたのか。それらの問いに対し、分かりやすい答えを用意していた。けれども滝本さんは、おお、と納得したように頷くと、

「それはおめでとうございます」

と浅く頭を下げた。

「驚かないんですね」

私はせっかく披露した手品を無視されたような気持ちになった。自分の幼さが情けないけれど、私と誠太のことを知っている人で驚かなかったのは、滝本さんが初めてだった。

「そうっすね。バビルサズのライブにも二人で来てましたし、一緒に働いてたときから、辻原さんは高野さんのことが好きなのかもしれないって思ってたんで、よかったなあって気持ちしかないっす」

「それ、本当ですか？」

心臓が跳ね、声が裏返った。

「なにが？」

「あのころから、誠太は私のことを好きだと思ってたって……」

「ああ、まじっすよ」

「なんで？　どうしてですか？」

「あーっと、辻原さんが店を卒業するちょっと前だったと思うんすけど、俺の音楽仲間がトヨ丸に飲みに来たことがあって……あ、違う。そいつ、高野さんに会いに来たんだ。高野さんを口説こうとしてたんすよ。そうしたら、キッチンにいた辻原さんがめちゃくちゃ焦りだして、珍しく厚焼き玉子を焦がしたんすよね。俺、今でも覚えてます。そのときに、これはあれだなってぴんときたんすよ」

「なにそれ……」

顔が歪んだのが自分でも分かった。泣きたいような笑いたいような衝動に、表情筋が困惑している。私が交際を申し込む前から、誠太は私のことを好きだった？　なにそれ、と、もう一度声に出すと、ぶふっと鼻から息が漏れた。もうだめだ。笑いが止まらない。滝本さんが心配そうな視線を私に向ける。私と誠太は、互いに相手の好意を知る前から両思いだった。事実を噛み締めるたび、私の笑い声は大きく膨らんだ。

「そんなの、全然気づかなかったから」

やっぱり誠太のことは分からない。

私は目尻に浮いた涙を指で弾いた。辻原さんとトヨ丸で過ごした時間は、俺のほうが長いですからね、と滝本さんがなぜか自慢げに主張する。ベビーカーを押した女性が隣のテーブルに着いた。桔平くんより小さく見える赤ちゃんは、自分の手を懸命に舐めている。ああやって自分の手を少しずつ認識してるんだって、と衿子が言っていたことを思い出した。

私たちは、生まれたときには自分の身体の形も把握していない。他人の心の中なんて、簡単には分からなくて当たり前なのだ。

横髪が頬に貼りつく。頭皮から発生する汗で、帽子の縁が湿る。肌は布に包まれているところも露わになっているところも熱を帯びていて、自分が火にあぶられた鉄の棒になったような気がした。とにかく暑い。バスを降り、歩き始めてまだ四十分も経っていないのに、すでに頭がぼうっとしていた。

登山道の端で足を止め、パーカを脱いだ。日差しと虫刺されを防ぐため、夏用のレインウェアをわざわざネットで購入したけれど、熱中症を起こしてはもとも子もない。Tシャツ姿になった途端、冷風に吹かれたように涼しくなった。凍らせたペットボトルをリュックから引っ張り出し、スポーツドリンクを飲む。空を見上げると、生い茂った木の葉の隙間に青空が広がっていた。

今朝は七時前に家を出た。電車からバスに乗り換えて、榛名富士の登山口に到着したのが、午前十一時過ぎ。山登りの初心者にも易しいコースを選んだはずが、想像以上の急勾配（こうばい）で、デスクワーカーには大きな試練になりそうだ。ペットボトルをリュックにしまい、タオルで汗を拭く。笹の葉が擦れる音がして、斜面の下から初老の男女が現れた。

「あっ、こんにちは」

「こんにちは」

慌てて挨拶を返し、どうぞ先に行ってください、と道の先を手で示した。二人はどちらもポロシャツにナイロン製のパンツという出（い）で立ちで、ペアルックみたいだ。リュックの使い込み具合や、ありがとう、と私に微笑みかける顔まで似ていた。二人は夫婦か、そうでなくても、長年パートナーとして連れ添っている関係だろう。今までに喧嘩（けんか）をしたことはあるか。別れの危機はあったのか。どちらもあったに決まっている、と自問自答した。

脈拍が落ち着いたのを見計らい、私も登山を再開した。トレッキングシューズで土を踏み締め、一歩ずつ進んでいく。誠太に会いに行く前に彼が登った山を歩こうと閃（ひらめ）いたのは、YAMAOのInstagramを眺めていたときだった。誠太に会うことを決めた途端、今まで手がかりにしか見えていなかった山に興味が湧いていた。私もこの景色を見てみたいと思った。

斜面をさらに二十分ほど登ると、ロープウェイの駅に到着した。登山道とはまったく違う、均された地面と開けた空間に、足と目が戸惑う。真夏だからか登山客は多くなかったのに、急に人の数が増えたようだ。スニーカーも履いていない人たちが、ベンチで休憩したり写真を撮ったりしている。どうやらロープウェイでここまで来たらしい。

駅から山頂までは階段が延びていた。Tシャツやスカート姿の観光客グループに続き、私も階段を上る。途中、なぜか鳥居をくぐり、五分足らずで標高千三百九十一メートルの山頂に着いた。晴れているから、周囲の稜線が明確に分かる。呼吸を整えていると、まだ下山が残っているにもかかわらず、大声を上げたくなるような達成感を覚えた。山の緑、空の青、そして、神社の白と赤。榛名富士のてっぺんには、小さな神社が鎮座していた。

今の今まで、ここに神社があることは知らなかった。下調べの段階では、コースのことしか目に入らなかったらしい。コンクリート造りの白い本殿を囲む柵は赤で、正面に賽銭箱と鈴緒が設置されている。観光客のグループが参拝しているあいだに、私は神社の説明が書かれた看板に目を通した。

「えっ」

声が出た。榛名富士山神社には、富士山と同じ木花開耶姫命が祀られ、安産や縁結びの御利益があるという。安産と縁結び。七ヶ月前までの自分が強く望んでいたことと、今の自分が願っていること。神社に招かれたんですよ。朱羽子さんだったら、そんなふうに言ったかもしれない。観光客のグループが、ここまで来たんだから御利益あるよね、と喋りながら、鈴緒の前を離れる。私はつい賽銭箱の正面に滑り込んだ。リュックから財布を取り出し、百円玉を放る。正しいマナーは分からないまま、鈴を鳴らして一礼した。

どうか——。

赤ちゃんを求めていたころのように反射的に唱えたところで、違う、と思い直した。世の中にはさまざまな願いごとがある。健康、長寿、学問、出世、開運、商売繁盛、縁結び、子宝、安産。信仰をよすがにしたり、神さま以外のなにかに寄りかかったりして救われることも必ずあって、でも、今、私の胸にある願いごとは、神さまに叶えてもらうようなことではない。少なくとも、願掛けや神頼みの前に、私にはやるべきことがある。

誠太と話をするために、私は群馬まで来ました。

胸中で呟き、よかったらこの旅を見守っていてください、と付け足した。最後にもう一度頭を下げたとき、あ、ここだよ、パワースポットって言われてるの、と背後から楽しそうな声がした。

　四十分かけて山を下り、近くの日帰り温泉を利用した。服を着替え、バスを乗り継いで電車に乗る。改札を抜け、デザイン性のある駅舎を認めたとき、墓参りのために誠太とここを訪れてからまだ一年が経っていないことに気づいた。前を通ったような記憶があるドラッグストアの名前を運転手に告げ、そこでタクシーを降りる。スマホを頼りにあたりを歩き、誠太の祖父母宅に着いたときには午後五時を回っていた。

　かつては電気屋だったという建物を仰ぎ見る。看板の跡の上で白いカーテンが揺れていた。窓が開いている。自分の推理が当たっていたことに、まずはほっとした。右隣の住宅とのあいだを覗くと、小さな庇と郵便受けが見えた。あそこが玄関だろう。私は磨りガラスの嵌まった引き戸の前で足を止めた。

　深呼吸で不安を振り払い、チャイムを押す。反応なし。もう一度、今度はボタンを長く押した。階段を下りる音が聞こえてくる。磨りガラスの向こうにぼんやりと現れた灰色の人影が、

「はい？」

　と訝しげな声を発した。

「私。志織だけど」

　人影の動きが明らかに止まった。

「誠太だよね？　私、誠太と話がしたくて来たの。だから、ここを開けてほしい。私

を家に上げたくないなら、近くのお店とかでもいいから」

　ふたたびの沈黙。にじんだ灰色の塊は微動だにしない。誠太の反応を求めて、さらに呼びかけることは待った。犬の鳴き声がして、トイプードルを連れた人が家の前を通り過ぎていく。犬の声が遠ざかっても誠太は黙りこくっていて、結局、緊張に耐えきれなくなった私は、もう一度声をかけた。

「ねえ、誠太――」

「手紙にも書いたとおり、僕はもう志織の時間を無駄にしたくない。話すことはなにもないよ」

　私が次に声を出したら、自分も口を開こうと決めていたみたいなタイミングだった。誠太が踵（きびす）を返したようだ。灰色の塊が小さくなっていく。私は磨りガラスに手を押し当て、叫んだ。

「あるよっ」

　誠太が足を止めた。

「あるよ、いーっぱいある。私たち、大事なことを全然話してなかった。私が謝ると、誠太はよく、志織が謝ることはひとつもないって言ってくれたけど、あれで終わりにしたらだめだったんだよ。あの言葉を言われるたび、口をそっと塞（ふさ）がれたみたいで、本当はちょっと悲しかった」

磨りガラスの冷たさが汗を掻いた手のひらに心地よい。誠太の表情を知りたくて、私は顔を引き戸に寄せた。額にガラスが当たり、派手な音が鳴る。傍から見たら、私は不審者そのものだ。でも、人にどう思われてもいい。私は誠太と話がしたい。互いに、きれいなだけではない真心で。

「私は誠太にちゃんと傷つけられたいし、私も誠太を傷つけたい。離婚するかどうかは、それから考えたって遅くないよね？」

誠太はなにも言わなかった。ゆらりと揺れた人影がさらに遠ざかり、今度は階段を上がる足音が聞こえてくる。私は二階に向かって、

「今晩は駅前のホテルに泊まって、明日、また来るから」

と声を張り上げた。こんなこともあるかもしれないと、駅前のビジネスホテルに予約を入れていた。

「また明日ねーっ」

分かれ道で友だちに手を振るように叫び、引き戸の前を離れた。建物の正面に戻り、また二階を見上げる。やっぱり窓は開いていて、カーテンはそよいでいる。数分前から目立った変化はない。でも今は、誠太がこちらを窺っているような気配を感じる。

大丈夫、まだ明日がある。私は自分に言い聞かせ、駅へと歩き出した。靴の替えは持ってこなかったから、足もとはトレッキングシューズのままだ。少し重たい足をひた

すらに動かした。

ホテルに着くころには、西の空が赤く染まっていた。山間(やまあい)に太陽が吸い込まれていく。コンビニの弁当で夕食を済ませ、ベッドに横たわった。眠れないかもしれないと心配だったけれど、ここにきて登山の疲れが効いたようだ。私は明日のことを考える前に、あっさりと眠りに落ちた。

翌朝は九時に目が覚めた。筋肉痛にうめきながら服を着替え、メイクをした。ベッドサイドのデジタル時計を何度も確認し、そろそろ出ようかな、と思うものの、腰が上がらない。昨日、あれだけ威勢のいいことを言ったにもかかわらず、誠太の祖父母宅に向かうのが怖くなっていた。今日も拒まれたら、誠太の離婚の意志が固いことをさすがに認めなくてはならない。これ以上、彼を追いかけることも待つことも、許されないだろう。時間ぎりぎりの十一時にビジネスホテルをチェックアウトして、駅前のファストフード店でコーヒーを二杯飲んだ。ようやくタクシーに乗ったときには、午後一時を過ぎていた。

昨日と同じドラッグストアの前でタクシーを降りた。今日は迷うことなく義祖父母の家に辿り着く。強張(こわば)った指先でチャイムを押した。今回は二度目を鳴らす必要はなかった。私が名乗るより先に人影が現れ、ちょっと待って、と応答した。やがて引き戸が横に滑り、こんにちは、と誠太が顔を覗かせる。穏やかな表情だ。私は拍子抜けした。

「……こんにちは」

「どうぞ上がって。埃っぽいし、なにもないけど」

誠太は上がり框に並んだスリッパを指差した。肌の色は若干黒くなっているけれど、痩せたり太ったりはしていない。今、着ている紺色の衿つきシャツは見たことがないから、この街で購入したのだろう。白いステッチとボタンがアクセントになっていて、服に興味のない誠太が選んだにしては洒落ていた。

「二階に、僕が寝起きしてる部屋があるから」

訊けば、その部屋のほかは、キッチンにトイレ、洗面所と浴室を除いて、掃除をしていないらしい。私が通りすがりに覗いたダイニングやリビングは、確かに見事ながらんどうだった。急勾配の階段を上がり、左手の和室に入る。三つ折りに畳まれた布団が真っ先に目についた。あとは、テーブルや座布団、スティック型の掃除機などが、日に焼けた畳の上に置かれている。エアコンはなく、扇風機が緩やかに羽根を回転させていた。

「麦茶でいいかな？」

「あ、うん」

「今、持ってくるね」

誠太が階段を下りる。私は窓際に立ち、カーテンをめくった。予想していたとおり、表通りが左右に延びていた。窓枠に手を突き、周囲の山を眺める。榛名富士の頂上はどこか、昨日登ったばかりにもかかわらず、私には判断できない。誠太はすぐに戻ってきた。両手に麦茶のグラスを持ち、小脇にチョコの箱を挟んでいる。どうぞ、と誠太がテーブルにグラスを置いた。

「ありがとう」

テーブルを挟んで座り、麦茶に口をつけた。一緒に暮らしていたころと同じティーバッグを使っているのか、家と同じ味がした。二人同時に口からグラスを離す。話したいことはたくさんあるのに、どこから始めればいいのか分からない。黙ることは避けたくて、この家の鍵はどうしたの？　と質問した。

「大助くんに借りたよ」

「あ、そっか。大助さん、お店だったところをアトリエにしてるんだよね」

「そう。今でも二週間に一回は来るかな。だから、家に電気やガスや水道が通ってて、助かったよ」

「誠太は、今は仕事はしてるの？」

面接みたいだと思いつつ尋ねた。

「近所のパソコン教室で講師をやってる」

「講師？　誠太が？」

「生徒はお年寄りばかりだから、なんとかなってる……と思う」

誠太は口ごもりながらチョコの箱を開けた。その拍子に、私は彼の左手に結婚指輪が嵌まっていることに気づく。二人で買いに行った、石も捻りもないシンプルなデザイン。内側には相手の誕生日が刻印されている。指に視線が注がれていることを察した誠太が、決まり悪そうに手を組んだ。なんだ、誠太もまだ私のことが好きなんだ、と思ったら、安堵で目の奥がつんとした。

「志織はどうして僕の居所が分かったの？」

誠太は気を取り直したように問いかけた。

「あー、えっと」

私はチョコの袋の切り口を探しているふりをして、

「インスタでYAMAOのアカウントを見つけたの。それで群馬にいることは分かったから、あとは連想で」

「えっ、YAMAOが僕だって、よく気づいたね」

「キャプションとか写真の感じとか、使ってるカメラの機種名でぴんときた。ごめん、ネットストーカーみたいで気持ち悪いよね」

私が早口で言うと、誠太は困ったように目を伏せた。

「それについては、僕も志織のことを言えないから」

「どういうこと？」

「大学生のころ、正体を隠して志織のマイミクになってた」

「ええっ」

私は目を剝いた。話の内容だけでなく、マイミクという単語の懐かしさにもふいを突かれていた。最後にmixiにログインしたのはいつだろう。アカウントはまだ残っているのだろうか。思わず本題から外れたことを考えた。

「どうしても志織の日記が読みたかったんだ。だから、僕のほうこそ、ごめん」

「昔のことだし、mixiの日記は誰が読んでもいいように書いてたから、構わないけど……。でも、言ってくれればよかったのに。マイミクになりたいって」

「言えないよ。少なくとも、あのときは言えなかった」

誠太は引き攣ったような笑みを浮かべた。そっか、と私はチョコを半分に割り、片方を口に放り込む。扇風機の風で袋が舞いそうになり、慌てて手で押さえた。

「誠太は」

「うん」

「どうして急にITASEのインスタを更新しなくなったの？　誹謗中傷が辛かっ

た？」

「それがきっかけだったところはあるよ。でも、辛かったのとは違うかな」

私が口の中でチョコを溶かすのを、誠太はグラスを片手に見ている。これに似た状況は、今までにも何度か経験した。例えば、私が寝坊をした休日の朝に、あるいは仕事の締め切りに追われ、ようやく食べものにありつけた夜中に。誠太は自分に食欲がないときも、私の食事や間食に付き合ってくれた。

「初めは本当に、上手く撮れた志織の写真をアップしたかっただけなんだ」

「うん」

「そのうちに、愛妻家フォトグラファーとして認められて、素敵な旦那さんですね、みたいなコメントをたくさんもらうようになって……。人に褒められると、自分は志織の夫として間違ってないんだって思えて、嬉しかった。それで、インスタを更新するのに夢中になった」

「うん」

「でも、ITASEのやってることは変だって、心のどこかでは分かってたんだと思う。僕がいい夫かどうかを決めるのは、フォロワーじゃないよね。結局、僕は自分のために、志織や写真やフォロワーを利用してたんだよ」

「誹謗中傷の言葉で、それを自覚したってこと？」

「……たぶん。気づいたら、ＩＴＡＳＥを辞めることばかり考えるようになってた。そうしたら、志織の写真も撮れなくなった」

「そうだったんだ」

「全部、僕の問題なんだ。振り回してごめん。昨日も、あんな態度を取って申し訳なかったと思ってる」

「ううん。理由を教えてもらえてすっきりした」

利用したもなにも、ＩＴＡＳＥが注目されていたのは、誠太の写真がすばらしかったからだ。愛妻家フォトグラファーが必ずしも人気を集めるとは限らない。誠太が気にする必要なんてないと思ったけれど、態度には出さなかった。彼にとっては、そこが重要なポイントなのだろう。なにより、誠太が本当のことを話してくれたのが嬉しかった。

「もうひとつ、訊きたいことがあるんだけど」

「うん」

「妊活、本当は嫌だった？」

「そんなことないよ」

即答だった。

「でもそれは、誠太自身が赤ちゃんを求めていたわけではなくて、私の望みを叶えたいっていう気持ちがあったからだよね？　私に諦めてほしいと思ったことも、一度もないの？」

誠太は瞬(まばた)きを繰り返した。うーん、と首を傾げ、麦茶を一口飲み、また唸(うな)る。扇風機が誠太のほうを向くたび、彼の髪は柔らかくそよいだ。ときどき露わになる無防備な額に、ふと、子ども時代の彼と向かい合っているような気持ちになった。両親と離れてこの家に暮らしていたことがあるという誠太の話が、私に小さな彼の姿を喚起させたのかもしれなかった。

「志織に諦めてほしかったっていうのとは、また別の話かもしれないけど」

「けど？」

「志織が本気で子どもがほしいのか、分からなくなるときはあったよ」

「どういう意味？」

眉間(みけん)に皺が寄るのを自覚した。私に気圧(けお)されてか、誠太が口をつぐみそうになる。言って、と私は強い語調で促した。

「志織は」

「うん」

「志織は妊娠したいだけで、子どもがほしいのとは、また少し違うのかなって」

殴られたような衝撃だった。これまで受けてきた不妊治療や妊娠ジンクス、ヒーリングセラピーのことが脳裏を巡る。それらに伴う、痛み、悲しみ、惨めさ、虚しさ。誠太に反論したいのに、妙に合点がいったようにも思える。自己判断で転院を繰り返したこと。治療をステップアップしなかったこと。そういえば、妊娠ではなく育児について、具体的な想像を思い浮かべたことがほとんどない。私は妊娠をゴールのように捉えていた。

「そう、なのかもしれない」

「志織は、普通がほしいんだよね」

「普通?」

「自分が多数派に入れないと分かると、不安になるところがあるような気がする。でも僕は、それが妊活の動機でも構わなかった。子どもがほしい理由なんて、突き詰めれば全部エゴだよ。実際に子どもが生まれたら、志織は絶対に素敵な母親になる。そう信じられることのほうが大事だと思った。だから、僕にできることはなんでもするって決めたんだ。この決意が揺らいだことは、本当に一度もない」

「……うん」

「僕が志織と別れることにしたのは」

「うん」

「不妊の原因が女性側にないなら、男のほうから身を引くべきだって、ネットで読んだからだよ。一理あると思った。だって、男と違って女の人には肉体的な年齢制限があるから。それに、原因不明不妊の夫婦が離婚して、違う相手と再婚した途端、自然妊娠したっていう体験談もいくつか見かけた。前のクリニックの先生も、精子と卵子には相性があるかもしれないって言ってたよね？　もともと僕は、志織のそばにいていい人間じゃない。だったら——」

「ちょっと待って。誠太が言ってるの、それ全部、よその人の話だよね？」

衝撃は徐々に、熱く煮えたぎるなにかに変わっていた。これは怒りだ。誠太が精いっぱい自分を開示していることは分かっている。だいたい、話がしたいと家に押しかけたのは私のほうだ。誠太の本心はすべて受け止める覚悟だった。にもかかわらず、自分は一体、なにを聞かされているのだろうと思った。

「ネットで読んだって、なに？」

「なにって、そういう人生相談みたいなサイトがあって——」

「他人の言葉で私を予習しないで」

誠太の目が見開かれた。

「私は誠太と別れてまで、子どもはほしくない。子どもを授かることができても、そのとき隣に誠太がいないなら、なんの意味もない」

「志織だって、今はそう思えるかもしれないけど」

「けど？」

「十年後も同じことを言える？　あのとき別の相手と再婚してればよかったって、今日のことを後悔しない？」

「あのねえ、後悔しないと思ったから、ここまで来たの。仕事の予定を調整して、東京から二時間以上かけて。そんなことも分からないの？」

馬鹿じゃない、という台詞はかろうじて飲み込んだ。幼いころに妹と喧嘩して以来、私は荒っぽい言葉を口にしたことがなかった。人に嫌われないよう、仲間外れにされないよう、いい子として生きてきた時間の長さを痛感する。麦茶を飲み干し、大きく息を吐いた。

「もう一回、言うね。私は誠太と別れてまで、子どもがほしいとは思わない。それでも誠太は、私と離婚したい？」

「したく、ないです」

「だったら、いつ東京に戻ってくるの？」

「パソコン教室のオーナーと相談して、また連絡します」

「分かった」

私はふたつ目のチョコを手に取り、今回は割らずに口に入れた。喋っているうちに箱の中で溶けたのか、さっき食べたものより軟らかい。疲れた脳に糖分が染み入るようだ。誠太も食べる？　と私はチョコの箱を押し出した。僕はいいよ、と誠太は首を横に振った。

「……あのさ」

誠太が言いづらそうに切り出した。

「志織とやり直せるのは、嬉しいんだけど」

「うん」

「志織は、惚れ薬のことは気にならないの？」

「気にならないって、どういうこと？」

「あの手紙を読んで、嫌な気持ちにならなかった？　惚れ薬が本物かもしれないとは、少しも思わないの？」

私は誠太を凝視した。肩を落とし、上目遣い気味に私の様子を窺っている。彼が大真面目に今の質問を口にしたこと、不安に駆られつつも私の反応を待っていることが、視線の動きから伝わってきた。

「馬っ鹿じゃないの」

私は立ち上がり、吐き捨てた。

「嫌だったよ。あなたの飲みものによく分からないものをこっそり混ぜましたって告白されて、喜ぶ人間はいないよね？　怖かったし、気持ち悪かった。誠太はどうしちやったんだろうとも思った」

誠太が口を薄く開けて私を見上げている。彼がぽかんとしていることに、なお腹が立った。

「でも、その惚れ薬が本物かもしれないって考えたことは、一度もないよ。だって、私は自分が誠太を好きになった経緯（いきさつ）を知ってるから。誠太のどういうところに惹かれたのか、全部分かってるから。惚れ薬なんて、偽物に決まってるじゃない」

言いながら、目の縁が溶けていくのを感じる。だめだ。今泣いたら、悲しんでいると思われる。涙のぶんを差し引かれ、怒りが小さく見積もられることに強い抵抗を覚えた。誠太の低い自尊心に私の思いを否定されるのは、もうまっぴらだ。これは侮辱以外のなにものでもない。私はリュックを引っ摑み、

「本当に嫌だ。やっぱり別れる。離婚する。追いかけてきたら、ぶっ殺す」

と言い捨て、部屋を飛び出した。階段を下り、足をトレッキングシューズに押し込む。外に出ると同時に全速力で道を走った。このまま駅に向かい、東京に帰ろうと決意する。別れるという言葉は本心ではなかったけれど、しばらく顔も見たくない程度には腹に据えかねていた。七ヶ月間、私が不安に苛（さいな）まれたように、誠太も苦しめばいい。悩んでもがいて、反省してほしい。

けれども私の体力は、駅に着くまで保（も）たなかった。おそらく半分にも到達しないう

ちに息が切れる。太陽に頭部を焼かれながら、私は大通りをとぼとぼと進んだ。

「志織ーっ」

コンビニの前を通りかかったとき、誠太の声が聞こえた。校庭のようにだだっ広い駐車場を突っ切ろうとしていた私は、思わず振り返った。深緑色のシティサイクルが、猛スピードで迫ってくる。誠太は腰をサドルから浮かせ、身体を左右に揺らしてペダルを漕(こ)いでいた。

「志織、待って、志織」

私の真横で自転車は止まった。あれだけ言われて、誠太がまさか追いかけてくるとは思わなかった。ただ、驚きよりも腹立たしい気持ちのほうがまだ強い。なにが、惚れ薬が本物かもしれないとは、少しも思わないの？　だ。私が口を閉ざしていると、誠太は今にも倒しそうな勢いで自転車のスタンドを立てた。

「ごめんなさい。僕が悪かったです」

誠太の顔は汗で濡れていた。シャツの色も全体的に濃くなっている。乱れた髪と、すがりつくような表情。忙(せわ)しなく瞬きをしている。

「追いかけてきたら殺すって言ったよね？」

低い声で応じた。

「殺されてもいい。離婚されてもいいから、志織に謝りたいです」

「なにが？　自分のどういうところを悪いと思ってるの？」

「志織の気持ちを疑いました。僕と話したくて、ここまで来てくれたのに」

「そうだね」

「本当にごめんなさい」

「許さない」

私はナイフを手にしているつもりで、誠太の腹部に拳を押し当てた。

「絶対に許さない」

「許さなくていいです」

「今日のことは、死ぬまで蒸し返すからね」

そう口にした瞬間、私は手を引かれ、誠太に抱きしめられていた。

「うん。死ぬまで蒸し返してほしい」

「ちょっとやめて。恥ずかしいし、暑いよ」

私が身を捩っても、誠太は放してくれない。彼の体温と匂いが、猛烈な勢いで身体に流れ込んでくる。ああ、誠太だ。誠太がいる。私は欲望に負け、誠太の背中に手を回した。体型は変わらないと思っていたけれど、少しがっしりしたみたいだ。肩口に額を押し当て、彼の感触を堪能した。

数秒後、トラックにクラクションを鳴らされ、私と誠太は離れた。運転手の顔がにやついているような気がして、頬が熱くなる。往来で抱き合うなんて、交際を始めたばかりの高校生みたいな真似をしてしまった。私たちはもういい大人なのに。けれども、どうする？　うちに戻る？　と尋ねる誠太は平然としていた。この人はときどき信じられないような度胸を見せる。私だけが照れているのが悔しくて、どうしようかな、と首を傾げた。

「僕は一緒に戻ってほしい」

「……いいけど」

誠太が自転車を押して、来た道を引き返す。私は彼の隣に並んだ。太陽は天頂を下り、稜線に少しずつ近づいている。数時間後には、空に真っ赤な夕焼けが広がるだろう。その光景を、私はあの古い家の二階から、誠太の隣で眺めるだろう。

今日の夕日が一生忘れられないものになることを、私はすでに知っている。

解説　きっと思い出す言葉

加藤千恵（作家）

本作『求めよ、さらば』は、「第2回　本屋が選ぶ大人の恋愛小説大賞」受賞作であることもあり、読む前から、恋愛小説ということはわかっていた。しかし実際に読みはじめると、予想だにしなかった展開に、ページを繰る手が止まらなくなった。

三つの章から構成されていて、語り手が、志織、誠太、志織、と変化していく。一章を読んでいくうちに、志織と誠太が夫婦であること、彼らのあいだに子どもはおらず不妊治療をしていること、などがわかる。なるほど、二人の関係性が不妊治療によって変わっていくのかもしれない、あるいは子どもができるのかもしれない、などとうっすら想像していると、一章のラストで状況が一変するのだ。

二章以降では、誠太に対しての印象も違ったものとなる。驚きと同時に、でもそういうものなのかもしれない、と納得する気持ちも浮かび上がった。

かつて自身の離婚裁判によって疲れ果てていた知人が、一つの事柄を二人で話してもこんなに違う見解になるのだから、多くの人がかかわる歴史上の出来事なんてとうてい信じられない、といったことを話していた（だいぶ昔なのもあって、ニュアンスは変わってしまっているかもしれない）のを思い出す。彼の話す口調がユーモラスだったのもあって笑って聞いていたが、正しさも感じた。

どちらかが意図的に嘘をつくというわけではなくても、立場や、抱いている感情によって、物事の受け止め方はまるで変わる。一章を読んだ時点で誠太に抱いていたイメージは、間違いだったのではなく、一角に過ぎなかったのだと理解する。

二章における過去の誠太の行動を、少し怖い、と感じつつも、かつての自分にもこうした衝動があったことや、実際に衝動を行動にうつした経験があったことを思う（し、猛烈な恥ずかしさがよみがえったりもする）。恋愛は綺麗なものだけで構成されてはいない。時に怖さだって含む。紙一重であるのも少なくない。それが過剰ではなくリアルに描かれている。かつて登録したことのある人ならば、多かれ少なかれ、関連して封印したくなる記憶も存在するであろう、mixiの描写も絶妙だった（彼らと同じく、主に大学時代にmixiを利用していたわたしにも、もちろん封印したい記憶が大量にある）。

誠太だけではないが、人の気持ちが、とうてい白黒つけられないものであることもまた、本作によって改めて気づかされた。気持ちはたいていグラデーションだ。こと、人と人とが深く関係することになる恋愛においては。純度百パーセントの喜びとか悲しさとかいうのはめったになくて、寂しさや嫉妬や誇りや、他にも名前がつかないような思いが、破片のように細かく混じりあって、複雑な模様を作り出しているのだ。言葉にすることなんてできない、と思うのだが、物語を読み進めていくうちに、彼らの感情がはっきりと伝わってくる。けして声高ではないのに、しっかりと存在しているのだとわかる。

そして先に述べた感情ももちろん含まれるのだが、奥田亜希子作品の魅力について考えるとき、やはり外せないのが、ディテール描写ではないかと思う。普通に過ごしていると見逃してしまいそうな風景（実在するものであってもそうでないものであっても）を、著者は静かに見つめて掬いとる。本作においてもそれは存分に発揮されている。

たとえばこんな箇所だ。

商店街とは別の道を通り、駅に戻った。昼下がりのホームは影の色が濃い。自販機で水を購入する。四分の一ほど飲んでから、いる？　とペットボトルを差し出すと、誠太は躊躇いがちに受け取った。（中略）正直、呆れる気持ちもなくはないけれど、この人はいつまで私にドキドキしてくれるのだろうと考えると、こそばゆいような喜びも覚えた。

短い中で、彼らの関係性というものがよく伝わってくるし、情景描写にそこはかとない美しさがある。こうしたものが積み重ねられていくことで、登場人物たちがより体温を宿らせていくのだろうと思う。既に志織も誠太も、知らない人のようには思えなくなっている。まるで彼らに何度も会って、家を訪ねたことがあるかのように。

また、物語において印象的だったのが、本作のタイトルにもなっているフレーズに関するやりとりだ。

「求めよ、さらば与えられん」

それが新約聖書の一節であることは知っていたが、原文はまるで知らなかった。なんとなく受動的なイメージがあったのだが、特に三章でのやりとりを読むことで、印象は異なるものとなった。

さらば、で切られている部分も含めて、物語を読む前からいいタイトルだなと思っていたが、読み終えたあとではさらに、彼らの関係性にとてもふさわしく、素晴らしいタイトルだと感じる。

そして印象的なものといえば、ラスト近くで、志織が誠太に投げかける短い言葉は、とても鮮烈で、誠太にも読んでいるこちらにもざっくりと刺さる。あえて引用はしないが、既に読み終えた方たちも同様ではないかと思う。わたしたちが向き合わなければばいけないのは、情報でも第三者でもなく、目の前にいる相手なのだ。多分これからの人生の中で、わたしは志織の言葉を何度も思い出すのだろう。

　わかっているはずなのに、忘れてしまうことは多い。どんなに近しい存在であっても、どんなに多くの時間を共有しようとも、人は誰かのことを完全に理解することなんてできない。そして相手が自分を理解していないことに軽く絶望する。求めなくては、伝えなくては、いけないのだ。相手を必要だと思うならばなおさら。

　志織と誠太の姿は、わたしたちに大切なことを思い出させてくれる。彼らはまぎれもなくわたしだったし、あなただったはずだ。

本書は、二〇二一年十二月に小社より刊行された単行本を加筆修正のうえ、文庫化したものです。

不妊治療の記述に関して、小説家・産婦人科医の藤ノ木優氏に監修いただきました。

この場を借りて厚く御礼申し上げます。

求(もと)めよ、さらば

奥田亜希子(おくだあきこ)

令和7年 1月25日　初版発行

発行者●山下直久

発行●株式会社KADOKAWA
〒102-8177　東京都千代田区富士見2-13-3
電話　0570-002-301（ナビダイヤル）

角川文庫 24499

印刷所●株式会社暁印刷
製本所●本間製本株式会社

表紙画●和田三造

ISBN 978-4-04-115757-2　C0193

◇◇◇

角川文庫発刊に際して

角川源義

第二次世界大戦の敗北は、軍事力の敗北であった以上に、私たちの若い文化力の敗退であった。私たちの文化が戦争に対して如何に無力であり、単なるあだ花に過ぎなかったかを、私たちは身を以て体験し痛感した。西洋近代文化の摂取にとって、明治以後八十年の歳月は決して短かすぎたとは言えない。にもかかわらず、近代文化の伝統を確立し、自由な批判と柔軟な良識に富む文化層として自らを形成することに私たちは失敗して来た。そしてこれは、各層への文化の普及滲透を任務とする出版人の責任でもあった。

一九四五年以来、私たちは再び振出しに戻り、第一歩から踏み出すことを余儀なくされた。これは大きな不幸ではあるが、反面、これまでの混沌・未熟・歪曲の中にあった我が国の文化に秩序と確たる基礎を齎らすためには絶好の機会でもある。角川書店は、このような祖国の文化的危機にあたり、微力をも顧みず再建の礎石たるべき抱負と決意とをもって出発したが、ここに創立以来の念願を果すべく角川文庫を発刊する。これまで刊行されたあらゆる全集叢書文庫類の長所と短所とを検討し、古今東西の不朽の典籍を、良心的編集のもとに、廉価に、そして書架にふさわしい美本として、多くのひとびとに提供しようとする。しかし私たちは徒らに百科全書的な知識のジレッタントを作ることを目的とせず、あくまで祖国の文化に秩序と再建への道を示し、この文庫を角川書店の栄ある事業として、今後永久に継続発展せしめ、学芸と教養との殿堂として大成せんことを期したい。多くの読書子の愛情ある忠言と支持とによって、この希望と抱負とを完遂せしめられんことを願う。

一九四九年五月三日

角川文庫ベストセラー

ファミリー・レス　奥田亜希子

「家族か、他人か、互いに好きなほうを選ぼうか」ふた月に1度だけ会う父娘、妻の家族に興味を持てない夫。家族と呼ぶには遠すぎて、他人と呼ぶには近すぎる――現代的な〝家族〟を切り取る珠玉の短編集。

行きたくない　加藤シゲアキ・阿川せんり・渡辺　優・小嶋陽太郎・奥田亜希子・住野よる

人気作家6名による夢の競演。誰だって「行きたくない」時がある。幼馴染の別れ話に立ち会う高校生、生徒の愚痴を聞く先生、帰らない恋人を待つOL――それぞれの所在なさにそっと寄り添う書き下ろし短編集。

星やどりの声　朝井リョウ

東京ではない海の見える町で、亡くなった父の残した喫茶店を営むある一家に降りそそぐ奇跡。才能きらめく直木賞受賞作家が、学生時代最後の夏に書き綴った、ある一家が「家族」を卒業する物語。

落下する夕方　江國香織

別れた恋人の新しい恋人が、突然乗り込んできて、同居をはじめた。梨果にとって、いとおしいのは健悟なのに、彼は新しい恋人に会いにやってくる。新世代のスピリッツと空気感溢れる、リリカル・ストーリー。

泣かない子供　江國香織

子供から少女へ、少女から女へ……時を飛び越えて浮かんでは留まる遠近の記憶、あやふやに揺れる季節の中でも変わらぬ周囲へのまなざし。こだわりの時間を柔らかに、せつなく描いたエッセイ集。

角川文庫ベストセラー

冷静と情熱のあいだ Rosso
江國香織

2000年5月25日ミラノのドゥオモで再会を約したかつての恋人たち。江國香織、辻仁成が同じ物語をそれぞれ女の視点、男の視点で描く甘く切ない恋愛小説。

泣く大人
江國香織

夫、愛犬、男友達、旅、本にまつわる思い……刻一刻と姿を変える、さざなみのような日々の生活の積み重ねを、簡潔な洗練を重ねた文章で綴る。大人がほっとできるような、上質のエッセイ集。

はだかんぼうたち
江國香織

9歳年下の鯖崎と付き合う桃。母の和枝を急に亡くした、桃の親友の響子。桃がいながらも響子に接近する鯖崎……〝誰かを求める〟思いにあまりに素直な男女たち＝〝はだかんぼうたち〟のたどり着く地とは――。

去年（こぞ）の雪
江國香織

不思議な声を聞く双子の姉妹、自分の死に気付いた男、緋色の羽のカラスと出会う平安時代の少女……百人百様の人生が、時間も場所も生死も超えて繋がっていく。この世界の儚さと愛おしさが詰まった物語。

アンジェリーナ
佐野元春と10の短編
小川洋子

時が過ぎようと、いつも聞こえ続ける歌がある――。佐野元春の代表曲にのせて、小川洋子がひとすじの思いを胸に心の震えを奏でる。物語の精霊たちの歌声が聞こえてくるような繊細で無垢で愛しい恋物語全十篇。

角川文庫ベストセラー

いつも旅のなか　角田光代

ロシアの国境で居丈高な巨人職員に怒鳴られながら激しい尿意に耐え、キューバでは命そのもののように人々にしみこんだ音楽とリズムに驚く。五感と思考をフル活動させ、世界中を歩き回る旅の記録。

恋をしよう。夢をみよう。旅にでよう。　角田光代

「褒め男」にくらっときたことありますか？　褒め方に下心がなく、しかし自分は特別だと錯覚させる。ついに遭遇した褒め男の言葉に私は……ゆるゆると語り合っているうちに元気になれる、傑作エッセイ集。

薄闇シルエット　角田光代

「結婚してやる」と恋人に得意げに言われ、ハナは反発する。結婚を「幸せ」と信じにくいが、自分なりの何かも見つからず、もう37歳。そんな自分に苛立ち、戸惑うが……ひたむきに生きる女性の心情を描く。

西荻窪キネマ銀光座　角田光代　三好銀

ちっぽけな町の古びた映画館。私は逃亡するみたいに座席のシートに潜り込んで、大きなスクリーンに映し出される物語に夢中になる——名作映画に寄せた想いを三好銀の漫画とともに綴る極上映画エッセイ！

幾千の夜、昨日の月　角田光代

初めて足を踏み入れた異国の日暮れ、終電後恋人にひと目逢おうと飛ばすタクシー、消灯後の母の病室……夜は私に思い出させる。自分が何も持っていなくて、ひとりぼっちであることを。追憶の名随筆。

角川文庫ベストセラー

いるいないみらい　窪　美澄

いつかは欲しい、でもいつなのかわからない……夫婦生活に満足していた知佳。しかし妹の出産を機に、夫に変化が——(「1DKとメロンパン」)。毎日を懸命に生きる全ての人へ、手を差し伸べてくれる5つの物語。

ナラタージュ　島本理生

お願いだから、私を壊して。ごまかすこともそらすこともできない、鮮烈な痛みに満ちた20歳の恋。もうこの恋から逃れることはできない。早熟の天才作家、若き日の絶唱というべき恋愛文学の最高作。

一千一秒の日々　島本理生

仲良しのまま破局してしまった真琴と哲、メタボな針谷にちょっかいを出す美少女の一紗、誰にも言えない思いを抱きしめる瑛子——。不器用な彼らの、愛おしいラブストーリー集。

クローバー　島本理生

強引で女子力全開の華子と人生流され気味の理系男子・冬治。双子の前にめげない求愛者と微妙にズレてる才女が現れた!　でこぼこ4人の賑やかな恋と日常。キュートで切ない青春恋愛小説。

波打ち際の蛍　島本理生

DVで心の傷を負い、カウンセリングに通っていた麻由は、蛍に出逢い心惹かれていく。彼を想う気持ちと不安。相反する気持ちを抱えながら、麻由は痛みを越えて足を踏み出す。切実な祈りと光に満ちた恋愛小説。